Paul Katsitis

# Mykonos Crime ©

## Der Schläfer
## Mörder unter uns

AF284958

**Zuletzt erschienen in dieser Reihe:**

**(Deutsch/Griechisch)**
**Mykonos Crime 20 Darknet**
**Mykonos Crime 21 Yariv**
**Mykonos Crime 22 Pontifex**
**Mykonos Crime 23 Sisa**
**Mykonos Crime 24 Lebendig begraben**
**Mykonos Crime 25 Schläfer**
**Mykonos Crime 26 SMYRNA (Juni)**

Frühere Bände: siehe hinterer Buchteil

Bisher erschienen auf Englisch:

Mikonos Crime 1: Abducted
Mikonos Crime 2: Confusion
Mikonos Crime 3: The prince
Mikonos Crime 4: Spy
Mikonos Crime 5: Beast
Mikonos Crime 6: Nightkids
Mikonos Crime 7: Yariv (März)

Paul Katsitis

# Mykonos Crime© 25

# Der Schläfer

## Mörder unter uns

**Impressum**
Titel: Shutterstock, Ölgemälde: Katsitis
Innenteil Shutterstock/ Ölgemälde Katsitis
Copyright Paul Katsitis 2021: **Der Inhalt als auch Buch- und Reihentitel sowie der Autorenname sind urheberrechtlich geschützt oder unterliegen dem Titelschutz. Jedwede Verwendung ist strafbar.**

ISBN 9783753457604
Herstellung und Verlag BoD - Books-on-Demand, Norderstedt

6

**Angelos Nikakis, 31**, ist nicht nur der Hauptkommissar auf Mykonos, sondern auch Bürgermeister der Insel.

Sein Ehemann ist ein Kollege:
**Yariv Nikakis, 28,** ursprünglich Kommissar in Athen. Beide trafen sich im Rahmen von Ermittlungen und verliebten sich ineinander. Da Yariv nur 1,75 m groß ist, ergab sich sein Spitzname von allein: Kleiner. Sein Hobby: Malen.

**Abu Bakar, 38**, beherrscht den Drogenhandel in der Ägäis. daher sind er und Kommissar Angelos Nikakis per se Feinde. Doch dann schließen die beiden ein Friedensabkommen der besonderen Art.

**Gabriel Markarov, 35**, ist Angelos´ rechte Hand im Rathaus. Er sitzt seit einem Schusswechsel im Rollstuhl. Da die Kugel eigentlich Angelos galt und sich Gabriel in die Schussbahn warf, fühlte sich Angelos verpflichtet, ihm zu helfen.

**Khaled al-Mussawi, 27**, ist Angelos´ Ex-Mann und kam mit der Trennung nicht zurecht.
Er sinnt auf Rache.

**Alexandros Mantzaris, 67,** ist Amtsrichter auf Mykonos.

**Antonis Migiakis, 55,** ist griechischer Premierminister.

# 1

Athen, Villa Maximos - Donnerstag

Eleni saß an ihrem Schreibtisch in der Villa Maximos, dem Amtssitz des griechischen Premierministers, und hackte die Tagesordnung der Kabinettssitzung in ihre Tastatur.
Intern galt der Termin als Rat der Ahnungslosen, wobei Sachverstand und Intelligenz mit jeder neuen Regierung kontinuierlich abnahmen.
Sieben griechische Premierminister hatte Eleni erlebt und jegliche Illusionen verloren. Sie versuchte nach Kräften, die schlimmsten Fehler zu verhindern oder in ihren Folgen abzumildern.
Ihr nicht wohlgesonnene Minister bezeichneten sie als Schattenpremier, ein Name, der Eleni gefiel.
Sie war gerade bei TOP 3 „Konsolidierung der Finanzen" – ein Punkt, bei dem sie herzhaft lachen musste, angesichts einer Verschuldung von 270% des Bruttosozialprodukts -, als die Tür des

Amtszimmers des Premiers aufgerissen wurde und ein kleiner, untersetzter Mann mit hochrotem Kopf herauskam, grußlos an Eleni vorbeilief und die Eingangstüre hinter sich zuknallte.

Sehr diplomatisch, dachte Eleni, aber anderes war man vom israelischen Botschafter auch nicht gewöhnt. Früher hatten Botschafter die Aufgabe, für ihr Land zu werben. Früher, als Diplomaten noch eine entsprechende Ausbildung hatten. Und Benehmen.

Seitdem aber meist abgehalfterte Politiker auf diesen Posten landen, sorgen sie in ihrem Gastland für medialen Aufruhr, meist gepaart mit dem Verhalten eines russischen Kleinkriminellen.

Eleni lehnte sich an den Türrahmen des Zimmers von Antonis Migiakis und sah gerade noch, wie er einen doppelten Ouzo in sich hineinschüttete.

„Sagen Sie einfach nichts", knurrte Migiakis.

„Der wievielte heute?"

„Der dritte. Zwei brauchte ich schon während des Gesprächs. Kann man diesen grässlichen Gnom nicht zur Persona non grata erklären?"

„Sein Dienstherr ist auch nicht viel besser. Und der würde dann hier anrufen. Wäre Ihnen das lieber?"

Migiakis schüttelte heftig mit dem Kopf und griff wieder zur Flasche.

„Was wollte denn unser Ekelpaket?", fragte Eleni.

„Er faselte etwas von erhöhter Terrorgefahr und verlangte einen umfassenden Schutz jüdischer Einrichtungen und sämtlicher Hotels auf den Inseln, in denen Israelis absteigen. Glaubt der, ich habe tausend Mann zur Verfügung? Dabei weiß er nichts Genaues. Ich soll Polizei und die Armee in Marsch setzen – wegen eines Gerüchts! Womit habe ich das alles verdient?"

„Die Frage habe ich hier schon von sieben Premiers gehört. Selbst schuld. Niemand hat Sie gezwungen!"

„Sieben Premiers? Dann müssten Sie schon mindestens siebzig sein", sagte Migiakis und grinste breit.

„Ich bin 55 und die Haltbarkeit von Premierministern liegt unter der von Mayonnaise in der prallen Sonne", gab Eleni zurück.

Migiakis lachte.

„Und was tun wir jetzt? Mache ich nichts und es passiert etwas, dann …"

Eleni winkte ab.

„Sie machen das, was alle Vorgänger hier taten. Sie drücken sich um eine klare Entscheidung und gehen einen Mittelweg. Wir lassen Synagogen und Gemeindezentren schützen. Sichtbar, mit Sperrung der Zufahrtsstraßen. So sieht der Botschafter, dass wir etwas tun. So viele sind es ja nicht mehr. Und die Hotels auf den Inseln? Meines Wissens sind nur auf Mykonos viele Israelis. Rufen Sie Angelos an!"

„Wieso übernehmen nicht Sie das? Sie flirten doch so gerne mit ihm!"

„Stimmt. Leider ist er für die Frauenwelt verloren. Was für ein Jammer", seufzte Eleni.

„Wieso hält jeder Angelos Nikakis für eine göttliche Erscheinung?", knurrte Antonis Migiakis.

„Er ist schön, klug und charmant. Alles das, was Sie nicht sind", antwortete Eleni mit einem Grinsen und duckte sich weg. Schon flog die Computermaus durch den Raum.

„Raus!"

„Außerdem soll er ja über einen Riesen ...", begann Eleni, aber Migiakis unterbrach sie.

„Also wirklich. In Ihrem Alter!"

„Sie glauben, mit 55 interessiert sich eine Frau nicht mehr für männliche Körper?", fragte Eleni spitz.

„In Ihrem Alter sollte man wissen, dass die Größe keine Rolle spielt!"

Eleni lachte laut.

„Das ist die größte Lüge der Menschheitsgeschichte. Das sagen nur die, die ihn in der Hose suchen müssen. Gut. Dann rufe ich unseren Hübschen mal an!"

Wie meist, war es Eleni, die alles Weitere unternahm. Den zuständigen Innenminister hielten beide, Migiakis und Eleni, für komplett unfähig. Nachdem sie die Polizeipräsidien in Saloniki und Athen unterrichtet hatte, drückte sie auf die Schnellruftaste „Hübscher".

„Villa Maximos. Was macht der schönste Bürgermeister Griechenlands gerade? Sex mit dem Ehemann?", fragte Eleni.

Angelos Nikakis lachte.

„Du hast uns gerade in einer Pausenphase erwischt. Was kann ich für die einzige Frau, über deren Anruf ich mich freue, tun?"

„Schmeichler. Hör zu. Der Teppichhändler aus Jerusalem war hier. Angeblich steht ein Terroranschlag bevor. Nur wo konnte er uns nicht sagen. Wir sollen alle Hotels schützen, in denen Israelis absteigen!"

Angelos lachte laut.

„Das wären allein bei mir mindestens zwanzig. Bei fünf Polizisten. Ich sage dir, was ich machen kann. Ich informiere die Hotels per E-Mail. Dann sind wir abgesichert. Ich könnte noch Yossi in Tel Aviv anrufen. Als Mossad-Chef müsste die ursprüngliche Nachricht ja von ihm kommen. Vielleicht weiß er mehr. Ich sage dir auf alle Fälle Bescheid. Und? Was macht das Privatleben? Endlich Mr. Right gefunden?"

„Schon. Aber er ist viel zu jung und auch noch schwul", sagte Eleni mit einem Seufzer am Ende.

Angelos Nikakis lachte.

„Ich fühle mich geehrt. Ich verspreche dir, dass wir bei meinem nächsten Besuch in Athen Essen gehen!"

„Immerhin etwas. Du darfst auch deinen Mann mitbringen. Welche 55-jährige hat schon ein Doppeldate mit zwei jungen Männern?"

Zehn Minuten später war Angelos Nikakis auch nicht schlauer.

„Die Hinweise sind diffus. Kein erhöhter Telefon-verkehr. Es sind vielmehr Mitteilungen von Informanten. Aber sie sprachen nur von Südosteuropa. Dass Jerusalem gleich den

Botschafter in Gang setzt, wusste ich nicht. Vielleicht ist es nur ein Fake", sagte Yossi.

„Das wäre mir sehr recht. Ich muss heute zu einer Vernissage!"

„Du meinst, Yariv schleift dich mit zu seinen Künstlerfreunden?"

„Ist schon in Ordnung. Schließlich wird seine eigene Galerie bald fertig sein. Da braucht er Connections. Ohne die läuft auf Mykonos nichts. Aber manche seiner Kollegen haben wirklich einen ausgewiesenen Dachschaden! Wenn ich noch einmal die Worte Selbstreflektion, Ich-Suche und Konzeptkunst höre, stürze ich mich von den Klippen!"

„Solange Yariv nicht so daherredet …", sagte Yossi.

„Nein. Er macht sich selbst lustig über den Kunstzirkus hier. Das Schlimmste sind die Kunden. Russen und Ukrainer, die einen van Gogh nicht von einem Basquiat unterscheiden können. Hauptsache teuer!"

„Ich leide mit dir. Sollte ich Neues erfahren, müsste ich dich aber stören", sagte Yossi.

# 2

Saloniki, Freitag

Der Tag war endlich gekommen. Der Tag, auf den er dreißig Jahre gewartet hatte. Auf den er fast so lang vorbereitet wurde. Schon beim Aufwachen überkam Menis Dimou eine Welle der Euphorie, wie er sie noch nie zuvor verspürte. Dreißig Jahre Camouflage. Dass er den Ruhm nicht würde genießen können – geschenkt. Es ging ihm um die Sache und außerdem stand noch eine zweite Mission an. Hinterher würde er wieder abtauchen, zumindest für ein paar Jahre. Auf dem Weg zum und im Frühstücksraum musste sich Menis zwingen, möglichst nicht zu grinsen und einen übellaunigen Eindruck zu vermitteln, so wie die Mehrzahl der Gäste frühmorgens.

Hoteldirektor Sahas, ein Mann Mitte fünfzig, kam an Menis´ Tisch.

„Guten Morgen, Herr Kollege. Ich hoffe, es ist alles zu Ihrer Zufriedenheit", säuselte er.

„Aber natürlich. Meine Einladung an Sie und Ihre werte Gattin steht und ich hoffe, Sie bald bei uns begrüßen zu dürfen. Ideal wäre der Oktober, wenn der Pöbel Mykonos verlassen hat", sagte Menis, der – wie die meisten Hoteliers – unter Kollegen das aussprach, was die meisten von ihren Gästen hielten.

Sahas seufzte.

„Ja. Auch bei uns steigen fast nur noch Neureiche ab. Kein Niveau und kein Benehmen. Am Schlimmsten sind die Chinesen. Am liebsten würde ich ihnen Näpfe auf den Tisch stellen!"

Menis lachte.

„Das Schicksal eines Hoteliers. Wir werden noch im Sarg höflich lächeln!"

Direktor Sahas lachte.

„Dann möchte ich nicht mehr weiter stören. Genießen Sie den Tag in Saloniki!"

„Das werde ich, Herr Kollege!"

Aber anders als du denkst.

Voller Tatendrang verließ Menis Dimou das „Elektra Palace".

Was für ein schöner Tag.

Er lief gemächlich über den Tsimiski-Boulevard, die eleganteste Straße der zweitgrößten Stadt Griechenlands. In einer Buchhandlung in der Nähe des Weißen Turms kaufte er einen Reiseführer und blieb auf seinem weiteren Weg immer wieder vermeintlich suchend stehen. Verfolger musste er nicht befürchten, denn er war ein gesetzestreuer Bürger. Nicht einmal einen Strafzettel hatte er bisher bekommen.

Menis ging den Boulevard auf der anderen Seite zurück und bog rechts in die Komminon-Straße ab. Dort trank er einen Espresso und beobachtete das Treiben.

Er wollte gerade gehen, als mehrere Polizeifahrzeuge an dem Café vorbeifuhren und an der nächsten Kreuzung anhielten.

Sie sperren die Straße, dachte Menis und war kurzzeitig beunruhigt.

Nur zweihundert Meter entfernt lag die Lezikaron-Synagoge.

Ruhig bleiben. Sie können nichts wissen.

Als er weiterging, sah er, dass die Polizisten gemächlich und lachend ein paar harmlose Sperrbalken aufstellten, aber so, dass jeder, der wollte, problemlos an ihnen würde vorbeifahren können. Ein Streifenwagen blieb vor Ort, aber die beiden Polizisten hatten offensichtlich Hunger und gingen zielstrebig in eine Burgerking-Filiale.

Und so setzte der vermeintliche Tourist seinen Spaziergang fort.

Mit größter Gelassenheit überprüfte er zum letzten Mal, ob alles an seinem Platz war.

Das war es.

Vor der Synagoge spielten einige Kinder, die vielleicht morgen sterben würden. Zumindest dann, wenn sie morgen Abend auch hier spielen würden.

Keine Skrupel. Aus diesen Kindern erwachsen die Mörder der Zukunft.

Morgen ist mein Tag.

Kurz nach dem Abend-Gebet vor dem Sabbat.

Zum Abschluss seiner Sightseeing-Tour betrat er das Parkhaus In der Iraklou-Straße, ging zielstrebig die Treppen hoch zum Dachgeschoss und holte aus dem Kofferraum seines Wagens eine große Plastiktüte. Auf der Toilette im dritten Stock zog er sich um und kam in der Uniform des Mobilfunk-anbieters Cosmote heraus.

Wieder auf dem Oberdeck, stieg er hoch auf das Podest, auf dem der Sender installiert war und klebte ein winziges Kästchen auf die Unterseite der Antenne.

Niemand konnte Menis sehen. Das Parkhaus war das höchste Gebäude und es war mittlerweile Siestazeit. Und überhaupt: Cosmote-Techniker sah man ständig, denn die Masten mussten auf 5G umgerüstet werden.

Menis zog sich erneut um und verließ das Parkhaus, zurück Richtung Hotel.

Es war alles bereit.

Seine Familie kam ihm in den Sinn – besser gesagt: seine Frau, denn Menis hatte keine Kinder. Nicht mit dieser Frau.

Sie war der einzige Störfaktor. Das ganze Unternehmen war eine schier endlose Kette an Dominosteinen, von denen nur einer falsch gesetzt war. Alles war penibel geplant, bis auf einen Punkt: Menis konnte Frauen nicht ausstehen, aber das konnte man zu Beginn nicht wissen und später auch nicht korrigieren. Die Mission erlaubte es nicht.

Vielleicht würde er den Fehler nachträglich korrigieren und Zula vor Mykonos versenken müssen.

# 3

Yariv Nikakis stand vor dem Spiegel und fuhr sich mit beiden Händen durch die luftgetrockneten Locken. Trotz weitgeschnittener Leinenhose sah man deutlich, dass sich darunter der perfekte Hintern verbarg.

Plötzlich hörte er ein Knurren und musste lachen.

„Lass mich raten. Deine Zunge klebt am Gaumen. Aber das kannst du vergessen. Wir sind ohnehin schon zu spät, also bleibt die Hose oben!"

„Äh, die Hose ist nicht das Problem", sagte Angelos.

Yariv drehte sich um und erkannte, was das Problem war.

„Grundgütiger! Das gibt's doch nicht. In Zukunft sperre ich beim Ankleiden die Türe zu", sagte Yariv lächelnd und gab Angelos einen Kuss.

„Später, Großer. Die Einladung ist wichtig und du weißt, warum!"

Angelos knurrte.

„Und bitte schau nicht wieder so genervt. Mir zuliebe!"

„Entschuldige. Ich werde mich bemühen, aber wenn mir der verlauste Kyriakos wieder von der Suche nach seinem emotionalen ‚Ich' in seinen Eingeweiden berichtet, schlage ich ihn", sagte Angelos.

Yariv lachte.

„Ich muss mir diesen Mist auch anhören. Ich verstehe nicht, dass Künstler nicht zugeben können, dass sie etwas Schönes erschaffen wollen, um es zu verkaufen. Beides ist legitim. Es muss nicht immer etwas Verbrämtes oder Sozialkritisches sein. Ob einem ein Bild gefällt, entscheidet sich in den ersten fünf Sekunden, rein intuitiv. Da kann der Künstler erklären, was er will. Und ich kann in meinen Eingeweiden nicht suchen, denn darin steckst meistens du!"

„Das nennt man Inspiration", meinte Angelos.

Drei Stunden später hatte Angelos Nikakis, Kommissar und Bürgermeister von Mykonos, die Gernervt-Schwelle überschritten. Er stand vor einer weiß lackierten Sperrholzplatte, auf der fünfzehn Kartoffeln mit langen Nägeln befestigt waren.

Eine Frau Mitte dreißig, mit teurem Schmuck behängt und dem unvermeidlichen Glas Bollinger in der Hand, sprach ihn an.

„Beeindruckend. Ich liebe Aktionskunst. Sie konfrontiert uns mit den Irrtümern unserer Zivilisation! Wir haben ein gestörtes Verhältnis zur Natur. Das will uns Kyriakos sagen!"

Angelos zog die Augenbraue hoch.

„So? Ich glaube eher, der Künstler hatte Heißhunger auf Pommes und protestiert dagegen, dass es auf Mykonos keinen Burgerking gibt!"

Er ließ die Dame stehen, packte Yariv am Arm und sagte: „Zeitlimit überschritten! Da Vinci?"

Yariv grinste und nickte.

Die beiden quälten sich durch die Massen hinunter zur Promenade und hatten Glück: ein Tisch war frei – eine Seltenheit.

„Gnade, Kleiner. Noch eine Vernissage und ich sterbe!"

„Schon ok. Du hast dein Soll erfüllt. Die nächste ist meine eigene", sagte Yariv. „Aber eine Vernissage ist besser als ein Doppelmord oder eine Bombe. Genieße doch mal, dass du momentan so wenig zu tun hast!"

Angelos grinste.

„Kyriakos oder Doppelmord? Dann lieber Letzteres!"

Was er nicht wusste: nur 24 Stunden später sollte es Kommissar Nikakis gleich mit 24 Leichen zu tun haben.

# 4

Mykonos, Rathaus – Samstagmorgen

Termine am Samstag waren Bürgermeister Angelos Nikakis ein Gräuel. Er war ohnehin Spätaufsteher und Arbeit am Wochenende generell eine Zumutung. Als Kommissar gehörte es zu seinem Job, aber als Bürgermeister, der auf Bezahlung verzichtet hat: nur unter Protest. Vor allem dann, wenn es im Grunde unnötig war. Tags zuvor hatte die EDV im Rathaus wieder mal einen Totalausfall und so konnte die finale Bauabnahme des neuen Hotels „Aphrodite" in Elia nicht mehr bestätigt werden. Da das Hotel aber am Sonntag die ersten Gäste empfangen sollte, blieb Angelos keine Wahl. Der Techniker hatte nachts das System wieder zum Laufen gebracht.

Ausgerechnet ein Hotelier, eine Spezies, die für Angelos auf einer Stufe mit Hyänen stand.

Es war 11 Uhr, als Dimitrios Karnezis an die Türe des Amtszimmers klopfte.

„Herein", knurrte Angelos.

„Es tut mir wirklich leid, Herr Bürgermeister, dass ich Sie am Samstag belästigen muss!"

Zumindest ein freundliches Gesicht, dachte Angelos.

„Schon in Ordnung. In Ihrem Falle musste ich fast eine Ausnahme machen. Sie haben sich an alle Auflagen gehalten und das ohne Murren. Eine Seltenheit auf dieser Insel", sagte Angelos.

Karnezis lachte.

„Für jemanden, der Hoteldirektoren am Liebsten einsperren würde, war das fast ein Kompliment!"

„Wir wollen es nicht übertreiben", antwortete Angelos, grinste und unterschrieb die Betriebserlaubnis.

„Am Sonntag ist nur das Soft-Opening, ein kleiner Empfang, ganz zwanglos. Die offizielle Einweihung folgt in zwei Wochen. Ich weiß, dass Sie normalerweise derartige Termine nicht wahrnehmen. Aber dadurch könnten Sie den Hotelverband ärgern – wäre das ein Argument? Ihr Gatte ist natürlich auch herzlich eingeladen!"

Angelos lachte.

Der erste Hotelier mit Manieren und Humor, dachte Angelos.

„Ich werde es ernsthaft in Erwägung ziehen!"

Karnezis strahlte, eine Spur zu viel. Hier stimmt etwas nicht.

Angelos stand auf und ging zu dem großen Schrank, an dessen Innentür ein großer Spiegel hing. So konnte er sehen, dass Karnezis ihm auf den Hintern starrte. Angelos musste grinsen.

Er ging zurück zu seinem Schreibtisch, setzte sich aber direkt vor Karnezis auf die Kante, was diesen eindeutig überforderte.

„Geht es Ihnen nicht gut?", fragte Angelos.

Karnezis antwortete zunächst nicht.

Die Zunge klebt am Gaumen, dachte Angelos, ich kenne das.

„Äh, äh, doch, doch, alles gut. Dann geh´ ich mal", sagte Karnezis, blieb aber an einem Stuhlbein hängen.

Angelos schmunzelte. Armer Kerl.

„Wissen Sie was, Herr Karnezis. Ich nehme Ihre Einladung gerne an. Yariv und ich werden zu Ihrer Party kommen!"

Karnezis freute sich sichtlich, wieder eine Spur über Hetero-Level.

„Äh, dann geh ich mal. Nochmal herzlichen Dank, Herr Bürgermeister!"

„Sie können mich Angelos nennen. Als einziger Hotelier auf dieser Insel", meinte Angelos lächelnd.

„Äh, sehr gerne. Dann bis zum Soft-Opening am Sonntag, Angelos!"

„Wird Ihre Frau auch zugegen sein?"

„Es soll doch ein netter Abend werden, oder?", sagte Karnezis.

Das war gemein, sich breitbeinig auf den Tisch zu setzen, sagte Angelos' innere Stimme.

Ach was. Ein bisschen Eitelkeit sei mir gestattet – und ihm hat's gefallen. Außerdem weiß er, dass ich verheiratet bin. Und jetzt schnell raus hier.

Dieser harmlose Termin sollte sich in einer Woche als Schlüsselerlebnis in einem spektakulären Kriminalfall erweisen. Aber es waren noch sechs Stunden bis zum Beginn des Dramas.

# 5

Saloniki, Samstagabend

Menis Dimou wäre beinahe gestürzt, als die Bombe explodierte. Das Parkhaus, auf dessen Dach er stand, schwankte bedrohlich. Erstaunlich, dachte er. Denn zwischen dem Explosionsort und dem Parkhaus lagen gut 500 Meter. Die Rauchsäule stieg vier Blocks weiter nach oben, begleitet vom Heulen der Alarmanlagen, die durch die Explosion ausgelöst worden waren.

Menis Dimou überkam ein Glücksgefühl. Er war endlich am Ziel angelangt. Nun hieß es warten und zählen. Die ersten Sirenen waren zu hören. Polizei, Feuerwehr und Krankenwagen. Zwölf.

Er würde die zwölfte Sirene abwarten, auch wenn es schwer war, die einzelnen Signale auseinander zu halten. Die reinste Kakophonie.

Menis Dimou blickte auf sein Handy und musste grinsen. Diese Idioten, dachte er. Sie hatten das Handy-Signal nicht abgeschaltet. Typisch griechische Polizei. Er würde den Ersatzsender am Mast nicht brauchen.

Mittlerweile war der Lärm unerträglich geworden, ein einziges Heulen schien ganz Saloniki erfasst zu haben.

Als er bei zwölf angekommen war, ließ er sich drei Sekunden Zeit, dann drückte er den grünen Knopf.

Nur eine Sekunde später hörte er den zweiten Knall und eine noch stärkere Erschütterung schüttelte das Parkhaus durch.

Zufrieden ging Menis Dimou zu seinem Wagen.

Das Chaos würde so groß sein, dass Straßensperren erst viel zu spät errichtet werden würden. Außerdem war die örtliche Polizei so unterbesetzt, dass man nur wenige Ausfallstraßen würde kontrollieren können.

Menis Dimou versuchte, sein Hochgefühl unter Kontrolle zu bringen. Sei wachsam, sonst gefährdest du dein Lebenswerk.

Denn die Mission, die er zu erfüllen hatte, bestand aus zwei Aufgaben. Dass die zweite Mission sich gegen ein Ziel auf Mykonos richten sollte, war Schicksal. Verbunden mit der Anweisung erhielt Menis Dimou eine deutliche Warnung. Auf Mykonos würde es nicht so einfach werden wie in Saloniki.

Die Gefahr hatte einen Namen.

Angelos Nikakis.

Als ob ich das nicht wüsste.


# 6

*Mykonos, Ornos – kurz zuvor*

Gut gelaunt traf Kommissar Angelos Nikakis zuhause an. Yariv malte auf der Terrasse. „Pinsel weglegen. Chillen auf der Liege", sagte Angelos.

„Nur chillen?", fragte Yariv mit einem Grinsen.

„Ich habe mich durchaus unter Kontrolle", antwortete Angelos, fügte aber leiser hinzu:

„Solange ich nicht auf deinen Hintern schaue. Aber wir sollten es auskosten, dass die alte Hexe von nebenan in der Psychiatrie ist. Endlich kann man sich wieder nackt auf die Terrasse legen!"

Die Chillphase dauerte etwa 15 Minuten. Dann wurde Yariv zappelig und griff zu seinem Handy. Seine Startseite war Skai-TV.

„Oh heilige Scheiße", sagte er.

„Was ist denn?", fragte Angelos.

„Ein Anschlag. In Saloniki. Mehr ist noch nicht bekannt!"

Angelos war plötzlich hellwach, rannte ins Haus und schaltete den Fernseher ein.

Auf dem Nachrichtensender lief eine Doku, nur ein Laufband mit den Breaking News informierte vage über eine Explosion im Zentrum von Saloniki.

„Hoffentlich haben sie als Erstes das Handynetz abgeschaltet!"

„Wieso?", fragte Yariv, der neben Angelos stand.

„Weil manche der Bombenleger warten, bis die Rettungskräfte eintreffen, um dann einen zweiten Sprengkörper zu zünden, meist per Handy", sagte Angelos.

„Stimmt. Riad?"

„Fast. Dschidda. Die zweite Explosion forderte doppelt so viele Opfer wie die erste. Deswegen hat jeder leitende Kommissar eine Nummer im Handy, um das lokale Handynetz auszuschalten. Wenn du dich erinnerst: bei dem Angriff mit dem Flugzeug am Paradise Beach hab ich auf der Fahrt das Signal geblockt! Ich hoffe nur, die Kollegen in Saloniki haben sofort reagiert!"

Plötzlich verschwand das Laufband kurz, nur um dann zu verkünden: „Zweite Explosion in Saloniki. Nähe Tsimiski!"

„Vollidioten", knurrte Angelos. „Und wenn sie Tsimiski schreiben, vermute ich mal, es ist die Seitenstraße, in der die Synagoge und das Gemeindezentrum liegen!"

Das Programm wurde unterbrochen und man sah wackelige Bilder und einen Reporter, der an einer Polizeiabsperrungen stand.

Angelos erkannte sofort: es war tatsächlich die Iraklou-Straße. Der Reporter faselte etwas davon, dass eine Gasexplosion nicht ausgeschlossen wird, was Angelos zum Platzen brachte.

„Herrgott, es gibt überhaupt keine Gasleitungen im Zentrum! Und selbst wenn, wären zwei Explosionen unwahrscheinlich!"

„Wenn es also ein Anschlag war, dann sollten wir wetten, wer zuerst anruft: der Premier oder Tel Aviv", sagte Yariv.

„Wieso? Was hab ich denn damit zu tun? Die Opfer werden griechische Juden sein. Also ist nur Athen bzw. Saloniki zuständig!"

Yariv lachte.

„Sei nicht naiv. Du warst leitender Kommissar in Saloniki. Du bist der beste Ermittler des Landes, obwohl ich dich ungern lobe, weil du das nicht nötig hast. Und ich bin mir sicher, dass der israelische Botschafter bereits an die Türe der Villa Maximos trommelt. Und Tel Aviv wird unter Garantie verlangen, dass du ermittelst. Also: um was wetten wir?"

Doch zum Abschluss der Wette kam es nicht mehr, denn Angelos´ Handy brummte.

„Mist", sagte Yariv. „Ich hätte auf Migiakis gesetzt!"

Und es war tatsächlich Antonis Migiakis, seines Zeichens Premierminister der Hellenischen Republik. Angelos tippte auf Raumlautsprecher.

„GOTT SEI DANK BIST DU DA!! Hast du es schon gehört? Saloniki? Und weißt du, wer hier gerade wie Rumpelstilzchen durch mein Büro gehüpft ist?"

„Der israelische Botschafter", sagte Angelos.

„Genau. Er hätte uns gewarnt. Dass er keine Ahnung hatte, wann und wo, hatte er natürlich vergessen!"

„Sag mal, was hat denn Saloniki auf die Warnung hin gemacht?", fragte Angelos.

„Was schon? Straße gesperrt und zwei Polizisten hingestellt", brummte Migiakis.

„Aha. Auf die Idee, vielleicht einen Spürhund an den Autos vorbeilaufen zu lassen, kam wohl niemand. Außerdem dürften in der Iraklou ohnehin keine Fahrzeuge mehr parken. Vor drei Jahren habe ich diesem Depp im Rathaus gesagt, da müssen Poller hin. Aber was soll´s. Jetzt ist es zu spät. Sorg bitte dafür, dass in Athen die Parkflächen rund um die Synagoge gesperrt werden. Nur: warum rufst du mich eigentlich an? Die Opfer sind doch griechische Juden. Dann wäre allein Saloniki zuständig oder das Innenministerium", sagte Angelos.

„Wobei wir beide wissen, dass der Innenminister den IQ einer Amöbe hat", meinte Migiakis.

„Und damit den Schnitt in deinem Kabinett sogar noch erhöht", sagte Angelos.

Migiakis lachte.

„Frech wie immer. Aber zurück zum Thema. Leider liegst du verkehrt. Unter den Opfern sind auch Spieler einer Fußball-Jugendmannschaft. Wadenbruch Haifa oder Barfuß Jerusalem. Keine Ahnung. Jedenfalls hat der tobende Zwerg explizit verlangt, dass du die Ermittlungen übernimmst!"

„Und wenn ich keine Lust habe? Ich hätte zur Abwechslung gerne mal wieder einen normalen Mord. Ehefrau erschießt Ehemann. Müssen die ihren Krieg bei uns austragen? Ich hab Yossi schon einmal gesagt: der Nahe Osten sollte weniger schießen, stattdessen mehr ficken. Möglichst gemischt", knurrte Angelos.

Migiakis lachte.

„Nicht jeder hat eine solche Friedenskanone wie du!"

Yariv lachte laut.

„Vollidioten", sagte Angelos.

„Danke. Eleni hat für euch und die Israelis Zimmer und einen Tagungsraum im ,Elektra-Palace' gebucht. Also: Koffer packen. Und grüß Yariv!"

# 7

Du gehst mit", sagte Angelos bestimmt.
„Angelos, ich muss die Bilder fertig-
machen. Sonst ist die Galerie halbleer",
entgegnete Yariv.

„Erstens ist manchmal weniger mehr. Außerdem
kannst du zur Not in den Supermarkt, um
Kartoffeln zu kaufen!"

Yariv grinste.

„Bitte, Yariv. Ich habe in diesem Zimmer Alex
verloren. Und vor ein paar Monaten fast dich. Du
hast nur noch neun Finger, weil ich dich allein
gelassen habe. Ich weiß, was jetzt kommt: ich bin
auch Kommissar und kann mit einer Glock
umgehen!"

„Jetzt führst du schon Dialoge mit dir selbst!"

„Du gehst mit. Keine Diskussion. Basta", sagte
Angelos bestimmend.

„Wow. Endlich. Herr Nikakis setzt seinen Willen
durch. Wird auch Zeit", antwortete Yariv und
küsste Angelos.

„Du heißt auch Nikakis, falls du das vergessen
hast. Wer packt?"

„Das mache ich schon. Das Handy wird ohnehin
gleich wieder brummen", sagte Yariv und war
gerade auf der ersten Stufe, als das Mobiltelefon
vibrierte.

1 Anruf Satan 2.

„Du hast den Codenamen der Iraner für Yossi als
Telefoneintrag?"

Angelos grinste.

„Sein Eintrag für mich lautet ‚Großmast Mykonos‘.
Noch Fragen?"

Dann tippte Angelos auf die grüne Taste.

# 8

Saloniki, 3 Stunden später.

Angelos hielt einen vorbeigehenden
Polizisten am Arm fest.

„Sie sorgen dafür, dass alle ihre Blaulichter
und Sirenen ausschalten. Wie soll man denn bei
dem Lärm Verschüttete finden?"

„Wer sind Sie denn?", blaffte der junge Polizist
zurück.

Angelos zeigte nur auf den Schriftzug seiner
Weste – Einsatzleiter. Der Polizist nahm kurz
Haltung an und sagte: „Zu Befehl!"

Es war ein Bild der Zerstörung. Die Synagoge war
zur Hälfte eingestürzt. Auf der Iraklou-Straße
türmte sich ein Schuttberg, bestehend aus
Autowracks und Mauerteilen, garniert mit
Tausenden von Glassplittern. Im Umkreis von
einem halben Kilometer war kein Fenster heil
geblieben. Am gegenüberliegenden Haus zeigte
sich ein Riss vom Erdgeschoss bis zum Dach. Im
fünften Stock ragten die Reste eines Motorrads
aus dem Fenster.

Hinter einem der Schuttberge kam Yariv hervor, mit finsterem Gesicht. Seine Locken waren grau.

„Jetzt weiß ich, wie du im Alter aussiehst", sagte Angelos. „Was sagt dein Klemmbrett?"

„Es ist nur ein Zwischenstand. Leichen plus vermisste Personen. 24. In den Häusern im Block hat es mehrere Herzinfarkte gegeben. 46 Verletzte, die Hälfte schwer. Aber ich habe die Aufnahmen einer Kamera von der Kreuzung. Sie zeigt zumindest die erste Explosion. Es war ein schwarzer Sprinter, der längs an der Straße stand. Ich habe einen Kollegen gebeten, die Aufnahmen rückwärts laufen zu lassen, um zu sehen, wer ihn geparkt hat!"

„Wenn es kein Selbstmordattentäter war, sondern eine Autobombe, wird uns das Arschloch nicht den Gefallen getan haben, in eine Kamera zu schauen. Er hat mit Sicherheit vorher sämtliche Kameras ausgespäht!"

„Was ich nicht verstehe, warum die zweite Bombe nicht mit der ersten hochging. Der Druck und die Erschütterung lässt Ammoniaknitrat explodieren. Etwas anderes kann es fast nicht sein. Semtex reißt keine Häuser auseinander", sagte Yariv und schüttelte sich den Staub aus dem Haar. „Außerdem hätte man für eine gewöhnliche Sprengstoff-Bombe kein größeres Fahrzeug benötigt!"

Angelos nickte.

„Schau dir die Schäden an den Häuserfronten an. Die zweite Bombe explodierte vier Häuser weiter.

Nicht dumm. So richtete sich die Druckwelle voll gegen die Einsatzkräfte, die von der Tsimiski her kamen. Kaliumnitrat ist stabiler. Gepolstert unten, provisorische Druckschotts nach hinten. Keine Aufnahmen von der zweiten Explosion im Netz?"

„Doch. Bisher etwa zwei Dutzend, aber sie zeigen nicht den Ausgangspunkt. Aber den Fassaden nach könntest du recht haben!"

„Hat die Flugsicherung die Infos an Yossis Flieger durchgegeben?", fragte Angelos.

Yariv nickte.

„Alle fünfzehn Minuten ein Update. Wie du befohlen hast!"

„Entschuldige, Kleiner. Ich wollte nicht …"

„Sei still. Alles ok. Einer muss hier das Sagen haben!"

„Du hast Blut am Arm. Hast du dich verletzt?"

„Nein", sagte Yariv und beide blickten gleichzeitig nach oben. Im Restwipfel eines Baumes hing ein abgerissenes Bein.

Während Angelos sich übergab, kletterte Yariv nach oben, griff sich das Bein und sprang wieder hinunter.

„Tu das weg da", knurrte Angelos.

„Schabbat Schalom – wenn auch ohne Shalom", sagte eine Stimme von hinten. „Man kann sich nicht daran gewöhnen, oder?"

Angelos spuckte noch.

„Ich hatte Leichen in der Wagenpresse, abgerissene Köpfe – aber alles zusammen ist doch ein wenig viel. Jassas, Jossi", sagte Angelos und umarmte den Israeli.

„Es ist mein zehnter Anschlag, aber mir ist genau so flau wie beim ersten. Autobomben? Kalium-nitrat?"

Angelos nickte.

„Hab ich auch vermutet. Schau dir die Fassadenschäden an. Du hast drei Mann Spusi, zwei Ermittler und drei Leichensammler? Zakas, richtig?"

Yossi nickte.

„Und die klettern jetzt auf diesen Baum, um mit Watte das Blut aufzusaugen? Und suchen nach Zehennägeln unter dem Trümmerberg? Das ist der beschissenste Beruf der Welt!"

„Das sehen die anders. Es ist ein Dienst im Sinne Gottes", sagte Yossi.

„Und wo war dieser Gott? Hatte er gerade Durchfall?", knurrte Angelos.

„Ich hab meinen Glauben schon längst hinter mir gelassen. Mit genau deiner Frage", antwortete Yossi.

„Ok, meine Spusi weiß, dass sie mit eurer zusammenarbeiten soll. Deine zwei Ermittler sollen die Zeugen südlich befragen, meine haben mit dem nördlichen Teil schon begonnen. Die Leichen sind am Flughafen im Aegean-Hangar 12. Da läuft die Identifizierung. Aber wir brauchen ein Team von euch, dass DNA-Proben von den Fußballern mitbringt", sagte Angelos.

„Kein Problem. Wo ist die Leitzentrale?"

„In unserem Hotel. Bis jetzt. Aber du weißt selbst: der Täter kommt nicht von hier. Und für die Sisyphus-Arbeit brauchen wir Ruhe – die haben wir hier sicher nicht. Ich schlage vor, wir arbeiten von Mykonos aus. Dort haben wir die Technik und die nötige Ruhe. Deine Ermittler bleiben hier, falls sich etwas ergibt. Mit der Gulfstream brauchen sie 30 Minuten nach Mykonos. Ich weiß, das ist etwas unorthodox. Du musst es nur deinem Botschafter beibringen", sagte Angelos.

„Dem keifenden Zwerg? Keine Sorge. Der macht keinen Mucks. Vor zwei Jahren war er unsterblich verliebt in eine Stripperin namens Gina, die in Wahrheit eine VEVAK-Agentin war. Sag deinem Premier, er braucht beim nächsten Besuch des Botschafters nur das Wort ‚Gina' aussprechen – schon herrscht Ruhe!"

Angelos lachte.

„Tja, traue keinen kleinen Männern, denn das Hirn liegt bedenklich nah am Hintern. Griechisches Sprichwort!"

„Äh, findet ihr nicht, dass dies der falsche Ort für Späße ist?", fragte Yariv.

Yossi legte seine Hand auf Yarivs Schulter.

„Ich stehe zum zehnten Mal in einem Meer von Blut und inmitten eines Haufens Leichenteile. Nur der Humor verhindert, dass in dir der Hass die Oberhand gewinnt. Und Hass zerfrisst einen. Dann kostet der Anschlag ein weiteres Opfer: dich selbst!"

„Kapiert. Und die Medien?", fragte Yariv.

„Es gibt täglich um 14 Uhr ein Presseupdate, bei dem wir ein paar Nebelkerzen werfen. Gibt es schon Bekenner? Ich habe hier ja nichts mitbekommen!", sagte Angelos.

„Nichts was man ernst nehmen muss. Einige faseln von einer heroischen Tat von Selbstmord-Attentätern, der Rest sind die üblichen Spinner. Aber die wahren Täter werden sich schon bald melden. Denn die Aktion war ja sehr erfolgreich", sagte Yossi mit zynischem Lächeln.

Doch er sollte sich täuschen. Die Suche würde dauern.

# 9

Beirut – Ein-el-Helweh – Oktober 1998

Du kleiner Dreckskerl", sagte eine Stimme hinter ihm. Yussuf spürte, wie ihn jemand am Kragen packte und hochhob. Yussuf strampelte und schrie, aber gegen Mahmout hatte er keine Chance.

„Was glaubst du, was dein Vater mit mir macht, wenn er erfährt, dass du mich bei der Eisdiele ausgetrickst hast? Und was er mit dir macht, wenn er erfährt, dass du hier warst? Du büxt mir nicht mehr aus, das schwör ich dir. In die Stadt nur noch angeleint. Und jetzt los", knurrte Mahmoud und zog Yussuf zu dem schwarzen BMW.

Sie fuhren die Serpentinen hoch nach Nesayeh.

Yussuf hatte kein Auge für die Schönheit des Ausblicks oberhalb Beiruts, weit weg vom Elend und Dreck der Flüchtlingslager.

Und Ein-el-Helweh war das Paradebeispiel für ein Drecksloch.

„Ich will zu meinen Freunden", quengelte Yussuf.

„Dein Vater will nicht, dass du dich bei dem Gesindel in Helweh herumtreibst!"

„Du bist doch auch aus Helweh", konterte Yussuf.

„Aber ich bin groß und du bist ein Kind, das zu gehorchen hat. Würde deine Mutter noch leben, gäbe es zwei Mal am Tag den Kochlöffel auf den Hintern!"

Sie erreichten das Portal der Villa und wurden von Mahmouds Kollegen durchgewunken.

Jetzt geht's dir an den Kragen, du kleiner Scheißer, dachte Mahmoud. Zumindest hoffe ich das, dann bin nicht ich das Opfer. Vor zwei Jahren war der Kleine im Wald gestürzt und hatte sich den rechten Arm gebrochen. Yussufs Vater, Hassan Matouk, rief den Bodyguard zu sich, nahm eine Eisenstange und zerschmetterte ihm den Arm exakt an der gleichen Stelle.

Er war penibel, intelligent, vor allem aber empathielos und grausam.

Als Mahmoud und Yussuf das Arbeitszimmer von Hassan Matouk betraten, war dieser selbst für seine Verhältnisse extrem wütend. Sein Kopf schien vor Wut zu platzen.

„Mahmoud, wir sprechen uns später. Yussuf. Hose runter und über den Sessel beugen. Und wehe, ich höre ein Wort!"

Yussuf ergab sich seinem Schicksal und biss die Zähne zusammen, als die Rute ihm das Fleisch der Pobacken zerriss.

„Ich habe dir tausend Mal gesagt, du sollst nicht in diese Lager zum Spielen. Das ist kein Umgang für meinen Sohn!"

„Aber das sind Palästinenser wie wir", protestierte Yussuf.

„Da hast du zwar recht, aber das sind verlorene Generationen. Sie haben nichts anderes gelernt als zu stehlen und zu töten. Es ist nicht deren Schuld. Sie wurden durch den Terroristenstaat dazu gezwungen. Aber sie sind für unsere zukünftige Nation nicht zu gebrauchen. Wir müssen eine Elite heranziehen, die zum Führen geeignet ist. Und du, mein Sohn, wirst diesem engen Kreis angehören. Es ist dein Schicksal, eine Nation mitaufzubauen!"

Matouk ging zu einem Schrank und holte ein Fotoalbum heraus.

„Hier, mein Sohn – das ist deine Mutter, meine über alles geliebte Frau!"

Yussuf sah ein schönes, lächelndes Gesicht.

„Wir waren glücklich, zudem hatte sie mir das größte Geschenk meines Lebens gemacht – dich. Kurz darauf wurde sie ermordet. Eine zionistische Granate traf ein Café in Schattila, in dem sich deine Mutter mit Freundinnen getroffen hatte. Sie war 22 Jahre alt.

Sie hat es nicht mehr erlebt, dass ich zu Wohlstand gekommen bin. Sie würde heute glücklich und im Luxus leben, wenn ..."

Hassan Matouk stockte die Stimme. Noch nie hatte Yussuf seinen Vater so berührt gesehen.

„Ich habe den Plan, die Mörder und deren Hintermänner zu töten, nie aus dem Blick verloren. Aber zur Planung brauchte ich Zeit und es wird noch viel mehr Zeit vergehen, bis er in die Tat umgesetzt werden kann. Und du bist der Schlüssel, die wichtigste Figur in diesem Plan. Willst du die Aufgabe übernehmen, und deine Mutter rächen? Dein Volk und all die anderen Unschuldigen?"

Yussuf verstand nicht recht, wusste aber, dass es besser war, heftig zu nicken.

„Du wirst ein erfülltes Leben führen, weil es ein Leben voller Hass sein wird. Hass – der Motor für unglaubliche Leistungen und Taten – wird dein ständiger Begleiter sein. Ab heute wirst du immer ein Bild deiner Mutter bei dir tragen. Und jedes Mal, wenn du darauf schaust, wird der Hass auf diejenigen geschürt, die uns, dir, all das angetan haben. Du wirst genau das tun, was ich dir sage. Du wirst dem göttlichen Gebot folgen, Vater und Mutter zu ehren, indem du meinen Plan umsetzt, um selbst die höchsten Weihen zu empfangen. Du wirst nicht nur mein Held sein, sondern auch einer der Retter unseres Volkes!"

Matouk holte kurz Luft.

„Du wirst die nächsten sechs Monate hier im Haus durch Privatlehrer unterrichtet!"

Yussuf begriff, dass dies bedeutete, dass er weder Schulkameraden noch Freunde würde treffen können.

„Ich höre nichts", sagte Matouk laut.

„Ich habe verstanden, Vater!"

„Gut. Nach diesen sechs Monaten kommst du auf ein Internat nach Griechenland!"

Griechenland? Wo ist das und was soll ich da, dachte Yussuf, sagte aber:

„Jawohl, Vater!"

„Und jetzt geh auf dein Zimmer und mach deine Hausaufgaben. In einer Stunde will ich sie sehen!"

Eingeschüchtert und verwirrt verließ Yussuf das Arbeitszimmer seines Vaters.

Nicht mehr auf die Schule? Erst jetzt begriff der Kleine, dass er Hakan nie mehr wiedersehen würde.

Er warf sich auf sein Bett und weinte.

Hassan Matouk hingegen trat hinaus auf den Balkon und schaute hinunter auf das real existierende Chaos: Beirut.

Acht Jahre, liebe Leila, habe ich an dem Plan gefeilt. Noch sechs Monate Unterricht im Haus, dann wäre Yussuf soweit. Jeden Tag bekommt er eine Lektion im Fach „Hass", dem wichtigsten Lerninhalt nahöstlicher Erziehung.

Danach würde es noch zwanzig oder dreißig Jahre dauern.

Viele Jahre bis zum finalen Stoß ins Herz.

Ein Wimpernschlag, geliebte Leila.

# 10

Nicht unangenehm, so ein Privatjet", sagte Yariv.
„Vermisst du ihn nicht?"
Achtung Glatteis, dachte Angelos.
„Nein. Aber ich denke, jeder Mensch fliegt lieber in einer Gulfstream als in einem rostigen Volotea-Clipper!"
„Ich weiß, dass dir der Luxus eher lästig war, aber vermisst du nicht irgendwie Khaled? Immerhin gab es ja Zeiten, in denen du mit ihm glücklich warst."
„Ich habe *geglaubt,* dass ich glücklich bin", sagte Angelos.
„Da fehlt jetzt aber der zweite Satz, der da lautet: Glücklich bin ich erst, seitdem ich mit dir verheiratet bin, mein geliebter Yariv", sagte Yariv schmunzelnd.
„Ich wollte es nicht aussprechen, sonst wächst dein Ego noch mehr. Aber ich muss zugeben: der heutige Tag hat mich sehr beruhigt."
„Beruhigt? Inwiefern?", fragte Yariv.
„Nun, seit heute weiß ich, dass du auch mit grauen Haaren scharf aussiehst. Es könnte daher sein, dass ich auch mit 60 bei deinem Anblick eine Erektion bekomme!"
Yariv lachte.

„Bei dir reicht ein Windstoß für eine Erektion. Und das ist jedes Mal eine reife Leistung im Kampf gegen die Schwerkraft!"

„Frechdachs!"

„Aber ein süßer", sagte Yariv, blinzelte mehrmals und drehte an der einen Locke, die ihm immer in die Stirn hing.

Plötzlich stand Angelos auf und ging ins offene Cockpit.

„Wie lange noch?"

„Zehn Minuten", antwortete der Pilot.

„Kleine Änderung des Flugplans. Wir fliegen zuerst nach Naxos und dann wieder zurück, aber ohne Zwischenlandung", sagte Angelos.

„Wieso das denn?"

„Weil ich meinen Mann in der Dusche vögeln möchte und zehn Minuten etwas knapp sind!"

Der Pilot grinste.

„Aber hinter der rechten Wand liegt das Druckschott. Sie sollten also, äh, etwas vorsichtig zu Werk gehen!"

„Bin ich etwa ein Elefant?", fragte Angelos, wusste aber, was für eine Antwort kommen würde.

„Nun ja. In der Zentrale sagt man …"

„Klappe. Und schön die Höhe halten", sagte Angelos und fluchte innerlich. Dieses dämliche Video.

„Komm Kleiner. Wir gehen duschen!"

„Aber wir landen gleich", meinte Yariv.

„Wir landen, wenn wir fertig sind. Die nächsten Tage werden stressig und ich brauche einen Vorschuss!"

Der Pilot drosselte die Motoren, um besser hören zu können. Zwischen dem Rumpeln meinte er ein „Mayday" zu hören.
Achtzehn Minuten später ließen sich die Herren mit zufriedenem Blick in ihre Sessel fallen.
Aus dem Lautsprecher kam die Ansage:
„Shower Crew. Ten minutes to landing!"
Beide lachten. „Der Mossad hat Humor. Wer hätte das gedacht?", sagte Angelos wenige Sekunden, bevor sie aufsetzten.

# 11

Mykonos, Nähe Kalafati, Sonntagmorgen

Menis Dimou bereute es innerhalb einer Minute, die Türschwelle überschritten zu haben. Noch bevor die Türe in das Schloss knallte, begann seine Ehefrau zu keifen. Das Schrecklichste an ihren Auftritten war die Tonlage. Dass die Fenster nicht zersprangen, war schlicht ein Wunder.
„Ich glaube dir kein Wort. Von wegen Geschäftsreise nach Istanbul. Aber du kannst ruhig

herumhuren, ich hoffe nur, du holst dir einen Tripper!"

Ich hätte sie fesseln und in den Kofferraum des Autos in Saloniki sperren sollen. Dann hätte ich endlich meine Ruhe. Menis überlegte, wann er seine Frau das letzte Mal berührt hatte. Vor drei Jahren? Auf jeden Fall stellte er den grausigen Sex kurz nach der Hochzeit ein. Menis hatte den Punkt „Ehefrau" abgehakt. Vom permanenten Besteigen dieser Heulboje war nun einmal im Plan nicht die Rede.

Außerdem tat sie Menis unrecht. Er hatte kein Verhältnis und auch nie gehabt. Er war ein asexueller Mensch. Nicht aufgrund seines Glaubens, sondern weil er sich so sicherer fühlte.

Sex erzeugt meist Neugier. Außerdem hieß es, dass eine andere Person seine Sachen oder den Laptop würde durchsuchen können, sei es zuhause oder im Hotel. Es sind schon die größten Verschwörungen durch dumme Kleinigkeiten aufgeflogen.

Kein Sex gleich keine Nähe gleich keine Gefahr. Menis Dimou ging hinaus auf die Terrasse und stützte sich auf der Brüstung ab. Er blickte den Berg hinunter auf den Strand von und dann auf das Meer. Die unendliche Weite verlieh ihm Kraft. Menis Dimou verspürte Stolz. All die Jahre und nun war es soweit. Der erste Schritt war getan, der zweite würde folgen. Zuvor noch der Test, der aber ohne jeden Zweifel erfolgreich verlaufen würde.

Doch da war noch etwas anderes. Menis wusste zunächst nicht, was in seinem Inneren vorging.

Dann begriff er: ich habe mich verliebt. Dieses Gefühl war ihm fremd, aber es war überwältigend.

Lass es, sagte eine innere Stimme. Du gefährdest die Mission. Ein lächerliches Gefühl soll zwanzig Jahre Geduld und Vorbereitung zunichtemachen?

„Das eine hat mit dem anderen nichts zu tun", sagte er zu sich selbst. Dann holte er das Foto aus seiner Tasche und lächelte.

# 12

Mykonos, Ornos, Sonntagnachmittag

Angelos hatte gerade den Hausschlüssel ins Schloss gesteckt, als sein Handy vibrierte. Migiakis.

„Wie ich höre, hat der Beherrscher der Kykladen die Ermittlungszentrale von Saloniki nach Mykonos verlegt. Der Herr Polizeipräsident war nicht erfreut!"

„Komisch. Am Tatort hat ihn niemand gesehen und jeder weiß, warum: ab Freitagmittag ist er durchgehend blau. Außerdem hast du die

Ermittlungen der Kripo Mykonos übertragen und die sitzt – Überraschung – auf Mykonos!"

„Ja, ja. Ich fürchte mich nur vor dem Anruf des israelischen Botschafters. Oder noch schlimmer: vor einem Besuch", sagte Premier Migiakis.

„Kleiner Tipp: beim nächsten Anruf oder Besuch lässt du einfach den Namen ‚Gina' fallen. Dann hast du deine Ruhe", sagte Angelos.

„Aha. Ich vermute, es steckt eine Sauerei dahinter. Dem Fernsehen habe ich entnommen, dass du täglich ein Statement abgibst. Hättest du die Güte mir vorab eine Kopie zu schicken?"

„Aber du kennst den Inhalt doch schon", sagte Angelos und lachte.

„'Um die Ermittlungen nicht zu gefährden, darf ich Ihnen nichts Konkretes sagen, da es sich um Täterwissen handelt'", knurrte Migiakis.

„Du wirst noch ein richtiges Ermittlungsgenie. Und jetzt lass mich gefälligst arbeiten. Ende!"

Angelos setzte sich zu Yariv an den Küchentisch.

„Dann richten wir mal die Zentrale her. Was brauchen wir die nächsten Tage?"

„Tonnen von Espresso", antwortete Yariv.

„Sehr witzig. Drei weitere Laptops für die Verbindungen nach Saloniki und Tel Aviv, eins in Reserve. Zwei Satellitentelefone. Ein paar Prepaid-Karten, ein Flipchart. Und endlich kann ich mal mit dem Multi-Touch-Board spielen. Was davon haben wir zuhause?"

„Alles außer Espresso", sagte Yariv grinsend. „Ich gehe schnell vor zum ‚Flora'. Wann kommt Yossi?"

„Gegen 16 Uhr. Außer er fliegt auch über Naxos",
antwortete Angelos schmunzelnd.

# 13

Es wurde 16 Uhr 45, als eine wandelnde Leiche das Haus in Ornos betrat. Yossi stolperte fast auf dem Weg in die Küche.
„Espresso oder Bett?", fragte Angelos.
„Espresso. Dreifach. Zwei Tilidin, bitte!"
„Hast du überhaupt geschlafen?", fragte Yariv.
„Ich war bis früh um acht am Flughafen, um Leichen zu identifizieren und verladen zu lassen. Bei manchen brauchen wir eine DNA-Analyse, weil nur noch ein Torso übrigblieb. Auf so manchem Dach werden die Bewohner bald einen Arm oder ein Bein finden. Kaum war ich an Bord der Gulfstream, bin ich in Ohnmacht gefallen – für zwanzig Minuten, dann rief der Premier an", knurrte Yossi.
„Welcher? Deiner oder meiner?", fragte Angelos schmunzelnd.
„Scherzkeks. Im Übrigen hat mir der Pilot einen Schadensbericht in die Hand gedrückt. Text: ‚Delle an vorderer Wand Duschkabine wegen sportlicher Betätigung der Passagiere.' Das ist doch wohl ein Scherz, oder?"

„Nö. Schau dich hier um. Sieht das hier so aus, als hätten wir die nächsten Tage auch nur eine Stunde zur Entspannung?", antwortete Angelos.

„Aber wir bezahlen die Reparatur. Können wir jetzt zum Wesentlichen kommen?"

Die ganze Küche sah aus wie der Kommandostand einer veritablen Armee, wobei die griechischen Streitkräfte mit Sicherheit kein Multi-Touch-Board zur Verfügung haben, sondern noch mit Kreide und Tafel arbeiten, dachte Yossi.

Auf dem großen Screen lief Al-Djazeera.

„Terroristensender. Gehört verboten!"

„Das denken die Araber sicher auch vom israelischen Fernsehen", meinte Angelos und grinste.

„Touché. Irgendwelche ernstzunehmende Bekennervideos oder – botschaften?"

„Keine mit Täterwissen. Die Hamas mit einem Jüngling in Semtex-Outfit und angeblich die Al-Aksa-Brigaden, aber dem Sprecher ist zwei Mal der Zettel heruntergefallen und im Hintergrund ist eine Pinwand mit Postkarten zu sehen. Das sind wohl eher deren Praktikanten", sagte Yariv.

Stehen die Leitungen nach Saloniki und Tel Aviv?", fragte Yossi.

Angelos nickte.

„Gibt´s schon was von der Spurensicherung?"

„Ja. Spuren von Kaliumnitrat. Aber das hatten wir schon vermutet und bringt uns gar nichts. Es wird in rauen Mengen gebraucht und es gibt keine Meldepflicht. Die Kennzeichen hat man zwar gefunden, aber sie sind falsch und kein

Autovermieter vermisst Fahrzeuge. Es gibt auch keine entsprechenden Diebstahlsmeldungen. Die Kameraaufnahmen sind unbrauchbar. Es war bei beiden Fahrzeugen derselbe Fahrer, aber es ist nichts zu erkennen. Das ist der Nachteil der Kameras. Es gibt nicht mal mehr einen Handtaschenräuber, der ohne Verkleidung zur Arbeit geht", seufzte Angelos und schaltete Al-Djazeera und Skai-TV parallel auf den Schirm.

„Was bedeutet, dass wir das tun, was alle Polizisten und Agenten hassen: warten", sagte Yossi.

„Wobei nicht gesagt ist, dass uns ein Video etwas bringt. Die Herren werden immer professioneller. Die wenigsten blenden einen Schriftzug ein, wie ‚Live-Übertragung aus Mossul'", entgegnete Angelos.

„Du verstehst es wirklich zu motivieren", sagte Yossi, dem die Augen zufielen.

„Du legst dich hin. Das Gästezimmer ist oben links. Nicht verwechseln. Rechts ist unser Schlafzimmer", erklärte Yariv.

„Keine Sorge. Nicht dass ich auch noch eine Delle abbekomme", meinte Yossi und stolperte aus der Küche.

„Was machen wir, wenn sich niemand zu dem Anschlag bekennt?", fragte Yariv.

„Ich habe nicht den Hauch einer Ahnung", antwortete Angelos.

# 14

Auch die nächsten 24 Stunden brachten nichts Erhellendes. Zumindest kein Bekennervideo.

„Gab´s das schon mal?", fragte Angelos Yossi am Nachmittag.

Yossi schüttelte den Kopf.

„Seit 9/11 nicht, aber damals wusste man schon am Abend, wer die Täter waren. Ansonsten gab es selbst bei kleinen Überfällen mit einem oder zwei Toten einen Schreihals mit Stirnband, der geiferte!"

Gegen 17 Uhr meldete sich Tel Aviv mit einer beunruhigenden Nachricht.

„Es ist seltsam. Weder am Freitag noch am Samstag stieg die SC. Das tut sie immer", sagte Rimona, Yossis Mitarbeitern.

„SC?", fragte Yariv.

„Suspectious communication", brummte Yossi.

„Verdächtige Telefonate nehmen statistisch zu. Gespräche mit Krypto-Handy oder Satellitentelefonen. Das ist ein Schema, das sich immer zeigt – nur diesmal nicht. Irgendetwas stimmt hier überhaupt nicht. Was nützt eine solche Tat, wenn man damit keine Aufmerksamkeit erregt? Und Lorbeeren erhält, zumindest von der eigenen Klientel. Letzteres ist bei Arabern wichtig!"

„Keine Spuren, keine Nachrichten – die Presse und unsere Premiers werden nicht glücklich sein.

Das Spiel mit dem Schweigen wegen Täterwissen können wir nicht ewig fortführen", sagte Angelos.

Gut 15 Kilometer entfernt, war Menis Dimou erneut sehr zufrieden mit sich. Seine Frau weniger.
„Wo warst du?", keifte sie aus der Küche.
„Arbeiten, was sonst?"
„Erzähl mir nichts. Ich habe angerufen. Du bist vor drei Stunden gegangen!"
Menis bekam eine Gänsehaut.
Alles hatte bis aufs I-Tüpfelchen funktioniert, ein perfekter Tag. Allerdings hatte Menis nicht damit gerechnet, dass seine Frau ihm hinterher telefoniert. Sie würde zum Risiko werden.
„Du weißt genau, dass ich zwei Geschäfte betreibe. Ansonsten könnten wir es uns nicht leisten, so zu leben. Ich kann gerne eines davon aufgeben, aber dann fallen deine Shopping-touren nach Athen aus. Und dein Schuhschrank wird keinen Anbau mehr benötigen. Ich hab kein Problem damit, einfacher zu leben!"
Menis´ Frau schnaubte, wusste aber, dass er sie am wundesten Punkt getroffen hatte.
Menis hingegen war klar, dass er das Problem final lösen musste und das möglichst schnell.
Dann wäre auch der Weg frei für ein neues, anderes Leben. Beim Öffnen der Terrassentür fiel die Entscheidung.

# 15

Auch am Dienstagmorgen war die Stimmung im Ermittlerteam gedämpft. Und sie sollte sich noch verschlechtern.

„Keiner unserer üblichen Verdächtigen kommt infrage", sagte Yossi nach einem Gespräch mit Tel Aviv.

„Sie alle sind am Samstag an ihren jeweiligen Wohnorten gewesen. Manche fast schon provokant. Einige waren auf öffentlichen Märkten, zwei haben in Kameras gegrinst!"

„Geduld", mahnte Angelos.

„Du redest dich leicht. Bei dir ruft kein brüllender Premierminister an ", sagte Yossi.

Dafür brummte Angelos´ Handy. Yariv griff danach.

„Es ist Gabriel!"

„Bitte heute kein Rathauskram. Geh du ran", sagte Angelos.

Yariv sagte drei Minuten lang nichts. Dann rollte er die Augen.

„Ok, Gabriel. Angelos kommt!"

Yariv seufzte.

„Zwei Leichen auf einem Schiff. Du musst wohl hin!"

Angelos schaute konsterniert.

„Auf welchem Schiff?", fragte Angelos.

„Die Antwort wird dir nicht gefallen: auf dem Partyschiff", sagte Yariv.

Angelos lief knallrot an.

„Ich wusste es, dass dieser Kahn uns nur Probleme macht. Hat Gabriel was zur Todesursache gesagt?"

„Keine sichtbaren Verletzungen."

„Dann sind es bestimmt Drogentote. Genau das, was ich jetzt noch brauche. Super. Bleib du bitte hier", sagte Angelos und ging.

Sein Zorn legte sich auch auf der kurzen Fahrt von Ornos nach Mykonos nicht. Angelos hatte alles versucht, um das Projekt Party-Schiff zu stoppen.

„Als ob es auf unserer Insel nicht genügend Partys gäbe", hatte er die vier Hoteliers angeraunzt, die hinter den Plänen steckten. Und deren Motivation war das stärkste aller menschlichen Gefühle: Neid.

Ihre Hotels lagen hinter den Stränden. Damit waren sie gleich doppelt geschlagen. Kein Strandgeschäft am Tag und keine Partyeinnahmen in der Nacht. Dann hatten die vier die zündende Idee: wir schaffen unseren eigenen Strand, und zwar auf See. Sie spekulierten auf ein weiteres Bedürfnis der Menschen: man will immer dorthin, wohin man nicht kann oder darf.

Die Hoteliers erwarben für 20 Millionen die gebrauchte Yacht eines Saudis und bauten sie um. Nach Fertigstellung positionierten sie das Boot direkt vor Paradise und Super-Paradise. Die Partygänger am Strand wurden nervös. Party auf einer Yacht war natürlich etwas anderes, aufregender, exklusiver. Als sich herumsprach, dass der Eintritt am Abend 200 Euro beträgt, schreckte dies keinen, im Gegenteil. 200 Euro waren Peanuts für die meisten Gäste. Zudem mussten die Schönen und Reichen nicht mehr mit dem Pöbel am Strand feiern. Kurzum: die Party-Yacht war ein voller Erfolg.

Bürgermeister Angelos Nikakis versuchte alles, um das Projekt zu stoppen. Betrunkene würden über Bord fallen, außerdem würde das Meer verschmutzt. Er behielt recht. Jeden Tag wurden Flaschen an die Strände gespült und drei Mal musste die Feuerwehr mit dem Zodiac ausrücken, um Besoffene vor dem Ertrinken zu retten.

Aber leider war er nicht zuständig. Und die Provinzregierung auf Syros war als korrupt bekannt. Letztendlich wurde das Projekt genehmigt.

Sichtlich wütend riss er die Tür zu seinem Vor-zimmer auf. Gabriel hob abwehrend die Hände, so, als wolle er sagen: ich kann nichts dafür.

„Ich höre", sagte Angelos.

„Zwei Mädchen. Gefunden hat sie ein Reini-gungsteam. Aber keine Verletzungen, kein Blut!"

Plötzlich stutzte Angelos.

„Wer ist die Frau auf dem Balkon?"

Gabriel lachte.

„Erkennst du deine Angestellten nicht? Das ist Maria", sagte Gabriel und lachte.

Die Frau drehte sich um, lächelte breit, rannte auf Angelos zu und fiel ihm um den Hals.

„SCHÖNER!"

Angelos drückte Maria fest.

Sie war die Leiterin der normalen Polizeidienststelle. Die erste Frau in ganz Griechenland auf dieser Position. Und die einzige Frau, für die Angelos Gefühle hegte, wenn auch nur freundschaftlich.

Außerdem verband sie ein gemeinsames Schicksal. Maria war im Dienst vergewaltigt worden. Angelos wusste aus eigener Erfahrung, dass nur ein schneller Ortswechsel hilft. Und so schickte er Maria sofort auf einen Lehrgang für Kriminalistik.

Als die beiden in Angelos´ Zimmer alleine waren, stellte er erleichtert fest, dass sie gut aussah.

„War die Entscheidung richtig? Ich hatte Gewissensbisse, weil …"

„Du hast alles richtig gemacht und ich bin dir sehr dankbar", sagte Maria.

„Alpträume?"

Maria nickte.

„Schweißnasse Nächte, Schreie im Schlaf. Aber das hattest du mir gesagt, bevor ich ging. Ich war gewarnt. Ich hoffe nur, dass die Alpträume irgendwann enden. Wie lange hat es bei dir gedauert?"

„Drei lange Jahre. Mit Alex wurde es besser. Es tut mir leid, dass ich dich gleich ins kalte Wasser werfen muss. Wir haben …"

„…zwei tote Mädchen auf einem Schiff, ich weiß. Schauen wir mal, ob der Lehrgang etwas gebracht hat!"

# 16

W as zum Teufel ist das hier?", fragte Maria. „Man sieht nicht einmal die Hand vor den Augen!"

„Deswegen nennt man einen solchen Raum ‚Darkroom'", antwortete Angelos mit einem nicht sichtbaren Lächeln.

Der Darkroom im Bauch der Yacht war aber tatsächlich extrem dark. Nur ein Schlitz am Boden ließ etwas Licht hinein, allerdings in dunklem Lila.

„Was macht man denn hier?"

„Ficken, Maria. Ficken!"

„Danke für deine Erklärung, aber wie soll man hier die Öffnung des Begehrens finden?"

Angelos lachte.

„Man riecht sie. Bei Männern riecht es nach Veilchen, bei Frauen nach Fisch!"

„Alter Chauvi", sagte Maria und trat Angelos auf den Fuß.

„Aua. Hol bitte den Strahler!"

Im grellen Licht verlor der Raum seine mystische Atmosphäre, nicht zuletzt wegen der beiden sehr konkreten Leichen.

Angelos schaute nur kurz auf die Opfer.

„Was ist denn? Sind doch nicht deine ersten Leichen? Außerdem sehen sie doch passabel aus. Kein Blut, kein abgehackter Kopf", sagte Maria, kannte aber die Antwort schon.

„Es sind nackte Frauen. Wenn man schon stirbt, könnte man doch wenigstens einen Slip anziehen", knurrte Angelos.

„Dein Mitgefühl ist überwältigend. Was ich nicht beurteilen kann, ist: wie ficken denn Lesben?", fragte Maria.

„Keine Ahnung und ich möchte es auch nicht wissen", antwortete Angelos.

„Keine sichtbaren Verletzungen. Die Lippen sind nicht blau, also keine der üblichen Vergiftungen", stellte Maria fest.

Angelos nickte.

„Wo sind die Klamotten?", fragte Angelos und verließ den Raum. An der nächsten Kabine stand „Wardrobe". Im Inneren lagen tatsächlich Jeans und T-Shirts.

„Hoffentlich nicht auch noch Israelis", knurrte Angelos, war aber beruhigt, als sich herausstellte, dass es zwei Russinnen waren, zumindest legten dies die zwei Führerscheine nahe.

„An den Zynismus muss ich mich erst gewöhnen", meinte Maria.

„Grundvoraussetzung Nummer eins für diesen Job. In spätestens einem Jahr redest du genauso. Also: eine Obduktion in der Klinik macht wenig Sinn. Wir brauchen die Pathologie in Athen. Am Flughafen steht Yossis Gulfstream. Ich denke, wir können sie für eine Stunde ausleihen. Du vernimmst die Frau, die die Leichen gefunden hat und fragst das Personal, ob sie sich an die zwei erinnern. Auch wenn ich nicht glaube, dass dabei etwas herauskommt. Warten wir das

Obduktionsergebnis ab. Vielleicht war es eine Überdosis!"

„Doppel-Suizid in einem Darkroom?", fragte Maria.

„Spekulieren bringt nichts. Wir warten auf das Obduktionsergebnis. Ich muss wieder nach Hause!"

„Immer noch nichts Konkretes?", fragte Maria.

„Nicht einmal etwas Vages!"

„Der Tod aus dem Nichts", murmelte Maria.

„Was hast du gerade gesagt?"

„Der Tod aus dem Nichts. Nichts vorher, nichts nachher, dazwischen der große Knall!"

Angelos lächelte und küsste Maria auf die Stirn.

„Du bist genial. Aber frag mich erst später, warum!"

# 17

Mykonos, Ornos – Dienstagnachmittag

Schon an Angelos´ Gesicht konnte Yariv erkennen, dass etwas passiert war. Fast atemlos stammelte er nur drei Worte:

„Konklave. Espresso. Aschenbecher!"

Yariv lächelte.

„Alles klar, Großer. Geh auf Reise!"

Angelos verließ die Küche, kurz darauf hörte man die Dachluke klappern.

„Was zum Teufel war das denn? Welche Reise? Wir haben keine Zeit für Reisen. Und was meint er mit Konklave?", fragte Yossi fast ein wenig ärgerlich.

Yariv lachte laut.

„Entspann´ dich. Mit ‚Reise' ist eine gedankliche Reise gemeint. Angelos´ erster Mann Alex nannte das scherzhaft ‚Konklave'. Er setzt sich aufs Dach, blendet die Umgebung aus. Er trinkt den Espresso und raucht zwei Zigaretten. Ich vermute, er kommt in 25 Minuten wieder. Dann schreibt er den ganzen Flip-Chart voll mit Kringeln und Pfeilen. Danach textet er uns zu, sodass uns beiden der Kopf dröhnt. Wir werden anschließend sagen: das ist aber sehr gewagt. Nur: du wirst sehen. Wenn der Fall gelöst ist und wir den Flip-Chart herausholen, werden wir feststellen: Angelos hatte recht. Ich stehe nicht in dem Ruf, meinen Mann zu vergöttern, aber niemand denkt bei einem Fall so umfassend wie er. Andere denken immer erst weiter, wenn es neue Erkenntnisse gibt. Bestes Beispiel sind doch wir. Ohne neue Informationen kämen wir nicht voran. Aber das wird sich in ein paar Minuten ändern!"

Yossi lächelte.

„Ok. Ich werde also meinem Ministerpräsidenten sagen, Kommissar Nikakis hat seinen Körper verlassen und sitzt auf dem Dach!"

Yariv schmunzelte.

„Dafür kannst du ihm heute Abend sagen, es gäbe einen vollkommen neuen Ansatz. Wart´s ab!"

Zeitgleich saß Angelos im Schneidersitz auf dem Dach und blickte auf die Kitesurfer am inneren Strand von Ornos, doch sehen konnte er sie nicht. Durch sein Gehirn sauste immer wieder der Satz: der Tod aus dem Nichts. Und Wörter wie ‚Kommunikationsstille' und ‚Autos'.
Nach der zweiten Gauloises löste sich der Knoten im Gehirn.
Der Tod kam wirklich aus dem Nichts.

# 18

Mykonos, bei Kalafati, zeitgleich

Menis Dimou tauschte die Kartusche des Inhalationsgerätes und schloss den Deckel.
Vollkommen ruhig verließ er das Badezimmer und ging die Treppe hinunter.
Seine Frau saß im Wohnzimmer und tat das, was sie immer tat: sie kulchte.

„Diese Insel bringt mich noch um. Ich hätte nie hierherziehen dürfen. Vor allem hätte ich dich nie heiraten dürfen. Wenn ich hier sterbe, dann bist du schuld!"

Menis hätte beinahe losgelacht. Du hast ja so recht. Und der Tod würde schneller kommen als du denkst.

„Dann mach endlich das, was der Arzt dir gesagt hat. Ohne tägliche Inhalation kann es nicht besser werden. Der Meltemi wird sich von deinem Gezeter nicht beeindrucken lassen", sagte Menis.

„Scheiß Wind", schimpfte Menis´ Frau, tat aber das, was sie selten tat: sie machte das, was ihr Mann vorschlug.

Menis atmete tief durch. Wie lange würde es dauern? Er versuchte, sich zu erinnern – an die Videos aus Hama. War es Hama? Egal.

In zwei Minuten würde alles vorbei sein.

Er hörte einen dumpfen Schlag.

Ohne jede Eile ging er nach oben.

Seine Frau lag auf dem Boden des Badezimmers und röchelte. Schaum strömte aus ihrem Mund. Ihre Gliedmaßen zuckten unkontrolliert.

Faszinierend, dachte Menis und betrachtete seine sterbende Frau wie ein Experiment.

Er kniete sich neben seine Frau und flüsterte ihr ins Ohr:

„Eines weißt du bisher nicht: ich bin auch Hobby-Chemiker!"

# 19

Mykonos, Ornos – immer noch Dienstag

W as macht mein Lieblings-Drogenhändler gerade?", fragte Angelos.
Abu Bakar lachte.

„Ich bin in Sidon und warte auf schwarze Afghanen!"

„Die mit Beinen oder ohne?"

„Diese Frage beantworte ich nicht!"

„Was machst du denn in Sidon? Ich dachte, dein Hauptlager ist in Beirut?", fragte Angelos

„Mein Lieber. Beirut existiert nicht mehr. Daher habe ich eine Stunde nach der Explosion im Hafen ein Lagerhaus im Hafen von Sidon gekauft. Am Abend hätte der Schuppen das Zehnfache gekostet", sagte Abu Bakar sichtlich stolz.

„Aha. Ersthilfe in eigener Sache", meinte Angelos und lachte.

„Was will mein Lieblingsbulle denn?"

„Was wohl? Deine Hilfe. Es geht um das Attentat in Saloniki. Keinerlei brauchbare Spuren. Nun habe ich eine Theorie …"

Abu Bakar lachte.

„Eine deiner gefürchteten Flipchart-Vorhersagen? Als Attentäter würde ich sofort das Weite suchen!"

„Sehr witzig. Hör zu ..."

In den folgenden zehn Minuten schilderte Angelos, was er glaubte, vorhatte – und wofür er seinen Freund, Drogenkönig Abu Bakar, brauchen würde.

„Was meinst du?"

„Lass mich darüber nachdenken. Ich rufe dich in 15 Minuten wieder an!"

Wie es Angelos erwartet hatte. Die meisten Menschen plappern sofort los. Abu hingegen ging analytisch vor. Nur so konnte er Rakka überleben und anschließend das erfolgreichste Netz für den Vertrieb von Lifestyle- und Gesundheitsprodukten aufbauen. Alles, was Menschen guttut, von Cannabis bis Marihuana, führte er im Sortiment. Sein Kokain hatte Gourmet-Qualität.

Und exakt nach 15 Minuten vibrierte Angelos´ Handy.

„Du könntest recht haben. Die Russen entwickelten das Konzept im Kalten Krieg. Aus Rakka weiß ich, dass der IS ähnliche Pläne hatte – mit Rückkehrern in Europa, die unter dem Schirm der Behörden geblieben waren. Aber die meisten sind aufgeflogen, weil sie fröhlich weiter auf IS-Seiten klickten oder vor Freunden mit ihren Einsätzen prahlten. Und das ist der Punkt. Das Konzept sieht komplettes Abtauchen vor und daran scheitern die meisten, vor allem die Eiferer. Von welchem Zeitraum sprechen wir?"

„Lach jetzt nicht: Zwanzig oder gar dreißig Jahre", sagte Angelos.

„Sportlich. Aber ich habe eine gute Nachricht für dich: du kannst den Kreis deutlich enger ziehen!"

„Warum?"

„Mein Lieber, im Nahen Osten gilt der Grundsatz: Folge dem Hass. Das haben nicht mal die Israelis richtig verstanden. Im Westen ist es Geld, Neid und Gier, bei uns der Hass. Was für dich bedeutet: Ägypter und Jordanier fallen weg. Sie hassen die Israelis nicht, sie arbeiten mit ihnen zusammen. Im Iran sind nur die Kleriker und die Führer der Revolutionsgarden vermögend und das sind alles Eiferer. Um das Jahr 1990 war im Irak noch Saddam am Ruder. Er war ein Arschloch, aber Pragmatiker. Zudem waren die Grenzen komplett dicht. Die Saudis: potenziell ja – in der Realität: nein. Sie verachten Palästinenser. Daher würde es ausreichen, sich auf den Libanon, Syrien und Palästina zu konzentrieren. Und das reduziert die Zahl der Kandidaten massiv, vor allem dann, wenn Politiker und Superreiche wegfallen. Letztere sind ungeeignet, weil sie und ihre Söhne in der Öffentlichkeit präsent sind. Du hast Recht: es müsste jemand sein, der mehr als wohlhabend ist, um das Projekt über mindestens zwanzig Jahre zu finanzieren, andererseits darf er nicht zu reich und damit prahlerisch sein, wozu Araber bekanntlich

neigen!"

„Du glaubst gar nicht, wie ich mich freue, dass du mich nicht für verrückt erklärst", sagte Angelos erleichtert.

„Wir können es noch weiter eingrenzen: in der Westbank gibt es zwar wohlhabende Geschäftsleute, aber nur wenige. Gleiches gilt für Gaza. Ein Drecksloch, schon vor den Israelis. Dürfte ich tippen, würde ich sagen: Libanon. Hier sitzt noch immer altes Geld durch Jahrzehnte voller Korruption. Syrien bedingt, weil Israel kein Feind ist. Der alte Assad hatte schon vor zwanzig Jahren genug damit zu tun, den eigenen Laden zu kontrollieren. Lange bevor ein junger Trottel namens Abu Bakar in den heiligen Krieg gezogen ist. Andererseits: in Rakka habe ich alles gelernt, was mich zu einem erfolgreichen Geschäftsmann gemacht hat! Gut: auf das verbrannte Gesicht hätte ich gerne verzichtet!"

„Man sieht es fast nicht mehr. Die Ärzte in Dubai haben wirklich gute Arbeit geleistet", sagte Angelos.

„Ich habe ihnen damit gedroht, dass ich ihre Eier brate und verspeise!"

„Motivationskünstler", meinte Angelos. „Aber zurück zum Thema: Könntest du – zusätzlich zu Tel Aviv – herausfinden, wer zwischen 1990 und 2000 infrage käme? Streichen kannst du alle, die auf Facebook und Insta unterwegs sind. Sie müssen bis heute unterhalb des Radars unterwegs sein! Alle, die keine Kinder oder nur Töchter haben, fallen auch weg. Oder hältst du es für möglich, dass es eine Tochter sein könnte? Die Kamerabilder waren nicht sehr hilfreich!"

Abu lachte.

„Eine arabische Tochter? Im Ausland leben und studieren? Niemals. Jeder Vater fürchtet sich weniger vor den Israelis als vor dem Verlust des Jungfernhäutchens der Tochter!"

# 20

Mykonos, Ornos

Fast fiebrig kam Angelos zurück in die Küche. „Achtung, Yossi. Jetzt musst du das Gehirn auf Dauerbeschuss einstellen", sagte Yariv lächelnd.

„Klappe, Kleiner. Also: Maria hat etwas Schlaues gesagt. Der Tod kam aus dem Nichts. Vorher Nichts. Dann der große Knall. Dann wieder das Nichts. Keine Kommunikation vorher. Warum? Der Täter wusste schon längst über jeden Schritt Bescheid. Keinerlei Spuren bei Anreise und Flucht. Warum? Weil der Täter seit Jahren im Land lebt. Ein Schläfer. So wie es die Russen im Kalten Krieg gemacht haben. Was Ihr noch nicht wissen könnt: Die Spusi hat die Einzelteile der Autos zusammengetragen. Selbst die Nummernschilder, natürlich falsch. Aber: die Fahrgestellnummern sind nicht manipuliert. Sie sind original. Keine Hoffnungen: der Halter war eine Scheinfirma, aber – und jetzt kommt es: beide Fahrzeuge wurden vor fünf Jahren beim TÜV geprüft. Am selben Tag. Ob dieselbe Person die Autos vorgefahren hat, wissen wir in einer Stunde, aber ich wette darauf. Natürlich ist es mit Sicherheit ein falscher Name, aber ..."

„Kurze Unterbrechung, Großer. Das würde bedeuten, die ersten Schritte für den Anschlag in Saloniki wurden vor mindestens fünf Jahren geplant?", fragte Yariv.

Angelos schüttelte den Kopf.

„Nein. Liege ich richtig, begann die ganze Geschichte vor 20 oder 30 Jahren!"

„Das ist absurd. Niemand plant Anschläge soweit im Voraus", knurrte Yossi.

„So? Die Russen warteten teilweise vierzig Jahre, bevor sie ihre Agenten aktivierten. Nochmal: keine Kommunikation, keine Spuren und denkt an die beiden Autos. Zudem kein Bekennervideo. Warum? Und das ist die schlechte Nachricht: ich befürchte, der Schläfer verschwindet nicht einfach vom Radar, sonst er nutzt unsere Unwissenheit für weitere Aktionen. Warum auch nicht? Er weiß, dass wir nichts haben. Wie gesagt: vorher nichts, hinterher nichts. Ich hätte eine Frage, Yossi: Gab es schon einmal einen Anschlag ohne irgendeine Spur, ohne Bekenner?"

„Ja. Wie schon gesagt: 9/11!"

„Bedingt: Es gab zwar kein Video von Al-Qaida, aber schon am nächsten Tag kannte man Mohammed Atta und Konsorten. Und was stellte sich heraus? Er und seine Gruppe lebten jahrelang in Hamburg, ohne aufzufallen", widersprach Angelos.

„Wir sind also unter zusätzlichem Druck, weil du einen zweiten Anschlag befürchtest?", fragte Yariv.

Angelos nickte.

„Nicht einen. Es wird nicht bloß bei uns Schläfer geben!"

„So langfristig planen Islamisten nicht, geschweige denn Palästinenser", wand Yossi ein.

„Das ist euer Fehler. Ihr unterschätzt den Gegner. Auf Araber schaut ihr herab", knurrte Angelos.

„Also gut. Dann haben sie einen Plan. Wann, wie, wo?"

Angelos reagierte zunächst nicht, fing aber dann an, den Flip-Chart vollzuschreiben.

„Siehst du?", fragte Yariv grinsend in Richtung Yossi.

Nach fünf Minuten war Angelos fertig.

Ja, so könnte es gewesen sein, dachte Yariv, der als ausgebildeter Kommissar besser folgen konnte als Yossi. Zudem war er mit Angelos´ Gedankensprüngen vertraut.

„Das ist brillant. Aber du weißt, was das bedeutet!"

Angelos nickte.

„Unfassbar viel Arbeit und eine Riesenportion Glück!"

# 21

Das Gute ist, dass wir zusätzliche Hilfe bekommen werden. Abu kennt im Libanon – und nicht nur da – alle, die infrage kommen. Beim IS war er selbst. Dann noch Tel Aviv. Wir finden den Schläfer rechtzeitig, hoffe ich zumindest", sagte Angelos.

„Könntest du mir jetzt deine Kringel und Pfeile erklären? Und warum steht da Schattila?"

„Als Beispiel. Scheint so, als ob ich einen Nerv getroffen habe. Da könnte auch Gaza stehen. Es geht nur um ein Beispiel!"

„Gut. Ich höre!"

„Abu hat recht: er sagt ‚Folgt dem Hass'. Und das ist es. Ausgangspunkt ist jemand, der voller Hass ist. Davon gibt es dort unten nicht wenige, ich weiß. Aber mit dem Ausschlussverfahren nähern wir uns dem Inneren des Kreises!"

„Aha. Das sieht mir eher nach einer Zwiebel aus", sagte Yossi.

„Das soll auch eine sein. Stück für Stück müssen wir die Schichten entfernen und das möglichst schnell!"

„Gut. Gehen wir vom Russen-Modell aus. Man beginnt schon bei den Kindern. Die sind beeinflussbar. Man pflanzt den Hass in ihr Herz und schürt ihn. Man nimmt sie rechtzeitig aus ihrer gewohnten Umgebung, um das Untertauchen vorzubereiten. Sie beginnen, die Sprache des Landes zu lernen, in dem sie platziert werden.

Dann schickt man sie auf ein Internat oder auf eine Privatschule – ohne jeden Kontakt nach Hause, ausgenommen eine fette Zahlung, wahrscheinlich über Western Union!"

„Und zu dem Zeitpunkt wechseln sie den Namen", vermutete Yossi.

„Unsinn. Bei Aufnahme ins Internat sprechen sie die Sprache zu schlecht, um z.B. als Grieche durchzugehen. Nein, der Namenswechsel erfolgt erst mit Beginn des Studiums. An der Stelle wird es schwierig. Aber ich vermute, wir kommen ihm über die Studiengänge auf die Spur. Was beinhaltet ein Studiengang ‚Attentäter'? Wahrscheinlich Elektrotechnik und Chemie", sagte Angelos.

„Das Problem beginnt am Anfang. Der Personenkreis ist viel zu groß", gab Yossi zu Bedenken!"

„Glaube ich nicht. Abu meint, es reicht, wenn man sich auf den Libanon, Syrien und die palästinensischen Gebiete beschränkt. Ägypter, Jordanier und selbst Iraner hassen Juden nicht. Das mag offizielle Politik sein und noch eines: ich nehme an, es steht ein traumatisches Erlebnis am Anfang, bei dem Israel im Spiel ist. Aber außer Getöse gibt es mit Ägypten, dem Iran und selbst den Saudis keine direkte Konfrontation!"

„Stimmt. Ich habe vor vier Wochen meinen saudischen Kollegen in der Wüste getroffen", meinte Yossi.

„Zurück zur Zwiebel. Wir brauchen einen vermögenden Mann, nennen wir ihn X, der aber nicht in der Öffentlichkeit steht. Keine Klatschpresse, kein Politiker, kein Militär. Er darf also nicht superreich sein. Er muss einen Sohn haben, der in jungen Jahren verschwunden ist. Vielleicht hat man ihn sterben lassen. Der Junge muss Griechisch-Unterricht gehabt haben, und zwar Neugriechisch. Da bleiben nicht viele Verdächtige übrig!"

„Und warum steht da jetzt Schattila?"

„Traumatisches Erlebnis. Ist der Mann Libanese, könnte es sein, dass seine Tochter oder Frau in Schattila getötet wurde. Aber das ist nur ein Beispiel", sagte Angelos.

„Das war 1982, Herrgott. Man schickt das Kind 1990 nach Griechenland? Er studiert bis 2007 und heute wäre der Junge 38!"

„Das Durchschnittsalter der russischen Schläfer war 35 bei Aktivierung. Vergiss nicht, er muss nach dem Studium noch Jahre in der Versenkung bleiben, weil der Namenswechsel in deinem Beispiel erst um 2001 erfolgte."

„Das heißt Abu sucht im Libanon und Syrien, Yossi übernimmt Gaza und West-Bank?", fragte Yariv.

„So dachte ich es mir. Wir übernehmen dann ab der Einreise in Griechenland. So viele Internate und Privatschulen gibt es nicht, die Araber aufgenommen haben und die anschließend Elektrotechnik und Chemie studierten. Der Knackpunkt wird wohl der Namenswechsel vor der Uni sein! Aber wir sind 2001 schon im Internet-Zeitalter. Es ist eine Hypothese, aber solange keine neuen Erkenntnisse eintrudeln, sollten wir sie verfolgen!"

Als Angelos und Yariv gegen Mitternacht zu Bett gingen, fragte Angelos:
„Sei ehrlich: was ist deine Meinung?"
„Du solltest wissen, dass ich nachts nichts anderes sage als tags!"
Angelos grinste.
„Nur dass du tagsüber selten ‚Gnade' winselst!"
„Noch so eine Frechheit und meine Pobäckchen bleiben bis auf Weiteres Verschlusssache! Und ich finde deine Theorie in sich schlüssig. Nur das Unterfüttern wird eine Heidenarbeit. Aber du bist der Einzige, der gedanklich eingefahrene Wege verlässt. Das ist deine Stärke. Andere können nur Spuren folgen und das ist mitunter zu wenig. Du solltest aber die zwei Mädchen in dem Schiff nicht aus den Augen verlieren", sagte Yariv.
„Wir wissen noch nicht einmal, ob sie ermordet wurden", wand Angelos ein.
„Vielleicht gibt es einen Zusammenhang!"
„Bitte? Was haben zwei Leichen hier mit einem Anschlag in Saloniki zu tun? Oder übersehe ich etwas?", sagte Angelos etwas überrascht.
„Es ist nur ein Gefühl", wiegelte Yariv ab.
„Hm. Gut. Wenn du meiner Intuition vertraust, dann tue ich das auch bei deiner. Ich kümmere mich morgen früh darum. Dann sollte auch das Obduktionsergebnis vorliegen. Die ersten Suchergebnisse nach ‚Mister X' treffen ohnehin erst in ein paar Tagen ein. Zufrieden?"

Yariv nickte.

„Löffelchen?", fragte Angelos grinsend.

Yariv lachte.

„Beim Löffelchen liegen zwei Körper hintereinander. Es bedeutet nicht, dass einer seinen Löffel in den anderen schiebt!"

„Ich möchte lediglich vermeiden, dass du aus dem Bett fällst. Er ist nur eine Art Sicherheitsbügel!"

„Huhaha. Für deinen Einfallsreichtum bei Ausreden muss man dich einfach lieben", sagte Yariv und lachte so laut, dass Yossi aufwachte.


# 22

Mykonos, Nähe Kalafati – Mittwoch

Wenigstens ein Resultat ihrer Kaufwut war zu gebrauchen, dachte Menis Dimou. Der Reisekoffer. Dimous Frau passte perfekt hinein. Nachdem sie unter heftigen Zuckungen unsanft entschlafen war, hatte Menis sie in die Badewanne gelegt und geduldig gewartet, bis die Körperflüssigkeiten abgeflossen waren. Mit einem Schrubber säuberte er den Körper grob. Trotz des Abstandes von über einem Meter ekelte sich Menis vor dem Leichnam.

Schließlich war es sein erster. Saloniki war abstrakt. Hier jedoch lag das Resultat seiner Tat vor ihm. Zwar fühlte er sich befreit, aber seine Frau war unerwartet sperrig. Sah ihr ähnlich.

Als wollte sie ihm ein letztes Mal Schwierigkeiten bereiten, klappten Arme und Beine jedes Mal in die falsche Richtung, als er den Körper in den Koffer zu bugsieren versuchte. Erst als er den Körper mittels Tape transportfähig gemacht hatte, konnte er den Koffer schließen.

Niemand würde sie groß vermissen. Zu oft hatte sie jedem, der es nicht hören wollte, erklärt, sie sei kurz davor ihn zu verlassen. Ihre Freunde waren allesamt so oberflächlich, dass sie schon in ein paar Tagen vergessen haben würden, dass es sie je gegeben hat. Typisch Westen, typisch Mykonos.

Sie hatte ihren Zweck erfüllt. Mit jedem Tag, mit dem Saloniki näher rückte, wurde sie überflüssiger. Sorgfältig hatte Menis abgewogen, ob der Mord ihn nicht gefährden würde, so kurz vor dem zweiten Schritt, aber er wusste, dass man sie nie finden würde. Es durfte nur keinerlei Luft in dem Paket sein. Weder im Körper noch im Koffer. Mit einer Flex schnitt er ein großes Stück des Deckels aus und befestigte ihn anschließend mit Tape wieder an der ursprünglichen Stelle. Den Körper hatte er zuvor schon mit Öffnungsschnitten gelüftet.

Jetzt noch Verladen, dann mit der gemieteten Yacht noch Richtung Süden fahren und dann würde der Koffer über Bord in die Tiefe gleiten.

Menis Dimou ging unter die Dusche und setzte sich anschließend nur mit Morgenmantel bekleidet auf die Terrasse. Er atmete tief durch und begann sich zu entspannen. Kalafati lag ihm zu Füßen.

Leider störte ihn sein Smartphone.

Es war Giorgios.

„Herr Direktor, ich mache mir Sorgen um die Klimaanlage. Sie funktioniert ja noch nicht. Mein Cousin ist Wartungstechniker …"

Menis wurde ungehalten.

„Du sollst dich um das kümmern, was ich dir auftrage. Ich bin kein Freund mitdenkender Mitarbeiter. Das geht mangels Intelligenz meist in die Hose. Die Klimaanlage wird rechtzeitig fertig. Ende!"

Doch Menis legte das Handy nicht weg, sondern tippte auf ‚Fotos'.

Schon nach dem dritten Foto bekam er eine Gänsehaut – und begann zu onanieren.

# 23

Irritiert ging Menis Dimou hinein, ging zur Stereoanlage. Es war ein 5000 Euro-Gerät, wunderschön, aber aus der Zeit gefallen.

Menis ging zum Buchregal, öffnete eines der Fake-Bücher und nahm eine Kassette heraus.

Komisches Gefühl, dachte er. Wie aus einem anderen Jahrhundert – und das war sie ja auch.

Menis legte die Kassette ein und spulte vor bis zum Zählerstand 1609. Seinem Geburtstag.

„Lieber Yussuf. Wenn du dieses Band hörst, ist dein Geburtstag schon vorbei. Dennoch sollst du wissen, dass ich jeden Tag an dich denke und Allah für dich danke. Und ich bin immer in deiner Nähe – auch wenn ich in Wahrheit Tausende Kilometer entfernt bin. Du wirst dich wundern, warum ich zu dir Kontakt aufnehme, obwohl es nicht Teil des Plans war. Für dich gilt weiterhin: du musst die Regeln unbedingt befolgen. Denn: es ist bald soweit. Den Tag kannst du selbst bestimmen, es spielt keine Rolle. Ziel eins ist die Synagoge in Salonica. Du weißt sicher, dass diese Stadt das Zentrum des Zionismus am Mittelmeer war. Natürlich weißt du das. Schließlich bist du Grieche!"

Die Stimme lachte, brach aber dann. Heftiges Kulchen folgte.

„Salonica ist ein Symbol unserer Feinde. Obwohl die Deutschen freundlicherweise fast alle getötet haben, sind immer noch ein paar hundert in der Stadt. Und es werden wieder mehr. Zu Ehren Allahs wirst du den Tempel der Ungläubigen zerstören.

Du darfst keine Schwäche zeigen, Allah wird dich leiten. Denk an deine Mutter. Ermordet von diesen Tieren!"

Die Stimme verstummte kurz.

„Nun zu Stufe zwei. In den nächsten Monaten wird dich ein Levantiner kontaktieren. Er will ein Hotel auf Mykonos errichten und sucht einen Geschäftspartner und Direktor. Du wirst sein Angebot akzeptieren. Finanzmittel stehen dir ja ausreichend zur Verfügung. Mykonos wird dein zweites Ziel. Die Insel steht für alles, was Rechtgläubige verachten: Sodomie, Alkoholgenuss, Tanzen und nicht zuletzt besuchen viele Zionisten in ihrer Verderbtheit die Insel der Sünde. Es droht dir keine Gefahr, denn die Polizei besteht aus fünf Mann. Da du nicht fliehen musst, kannst du sofort wieder in den Schläfermodus zurückkehren. Töte viele von ihnen, mein geliebter Sohn!"

Jetzt kommt die Stelle, dachte Menis.

„Mein Sohn, du musst jetzt stark sein. Ich bin krank und werde bald sterben, nach einem Leben, das nur durch deine Mutter und dich erhellt wurde. Trage es mit Fassung und widerstehe der Versuchung, nach Beirut zu kommen. Deine Erbschaft wird über den Levantiner und das Hotel in unauffälligen Tranchen abgewickelt. Nutze das Geld nicht für persönlichen Luxus. Ich weiß, dass du eine verschwenderische Frau geheiratet hast. Du konntest es nicht wissen, aber zügle sie. Setze dein Geld ein, um unserer Sache zu dienen. Ich nehme nun Abschied von dir. Ich habe keine Angst vor dem Sterben, denn in Kürze werde ich deine geliebte Mutter in Allahs großem Garten wiedersehen. Und eines Tages auch dich. Dann sind wir wieder eine Familie – wie früher, bevor die Zionisten unser Leben zerstört haben. Lebe wohl, mein Sohn!"

Über sechs Jahre waren vergangen, seitdem er die Kassette erhalten hatte. Das kleine Stück Band mit der Botschaft des Vaters war eingebettet in 90 Minuten griechischer Popmusik. Unverdächtig, zudem: wer besaß heutzutage noch ein Kassettendeck
Vater würde zufrieden sein: ich habe meine erste Mission erfüllt – die zweite würde folgen. Aber dann sollten Vater und Allah wegschauen. Ich werde zum ersten Male meinem Herzen folgen. Es steht mir zu.

# 24

Mykonos, Ornos - Mittwoch

Es war 11 Uhr 30, als ein noch griesgrämiger Angelos auf der alten Uferstraße nach Mykonos-Stadt zur Arbeit fuhr. Er bereute es, weil rund um den Fabrika-Platz das übliche Knäuel von Bussen, falsch geparkten Autos und offensichtlich lebensmüden Fußgängern jeden Verkehr unmöglich machte. Angelos Nikakis platzte der Kragen und er nahm sich vor, noch am Nachmittag die Straße zur Einbahnstraße zu machen. Sicher, man würde mindestens eine Woche einen Streifenwagen abstellen müssen, da die Einheimischen nach Gefühl und nicht nach Verkehrszeichen fahren. Und natürlich würde der Kreisverkehr in der Oberstadt den zusätzlichen Verkehr aufnehmen müssen, aber dort gab es zumindest keine Fußgänger, die am Fabrika-Platz unten zu Dutzenden zwischen den Fahrzeugen durchliefen.

Er parkte am Alten Hafen und lief zum Rathaus. Allerdings hatte er überhaupt keine Lust auf sein Büro und bog rechtzeitig an der Promenade ins Café Da Vinci ab. Das Café war als zweites Büro des Bürgermeisters bekannt und die Bürger wussten, dass man zuerst hier suchen sollte. Ein doppelter Hausbrandt-Espresso stimmt den Bürgermeister immer milde, vor allem vor Mittag.

„Yassu, Maria", knurrte Angelos in sein Handy.

„Alles klar. Du sitzt unten. Ich komme!"

„Aber sprich langsam", antwortete Angelos.

Maria lächelte, als sie sich neben Angelos setzte.

„Schön, dass sich manche Dinge nicht ändern!"

„Du sagst dem Bauhof Bescheid, dass die Uferstraße zur Einbahnstraße wird. Ab der Kehre. Das Chaos am Fabrika ist zu gefährlich!"

„Für übermüdete Bürgermeister?", fragte Maria grinsend.

„Darf man noch ‚du Schaf' sagen?". meinte Angelos.

„Du schon. Einen Macho in deinem Alter zu bekehren, ist vollkommen sinnlos! Aber die Kehre ist ziemlich spitz!"

„Dann fahren sie wenigstens langsam", knurrte Angelos. „Was macht das Obduktionsergebnis?"

Marias Gesicht verfinsterte sich.

„Es ist vor einer Stunde gekommen!"

„Drogen?"

Maria schüttelte den Kopf.

„Sarin!"

„W-WAS BITTE?"

„Giftgas. Ich habe das Militärlabor gebeten, die Probe noch einmal zu checken, weil die eher die Experten sind. Aber im Polizeilabor war man sich sicher!"

Angelos schaute noch immer fassungslos.

„Heißt: du musst die Klimaanlage überprüfen, ob sie manipuliert wurde. Das Zeug wirft man ja nicht einfach in den Raum, außer man hat eine Gasmaske auf und das wäre sicher aufgefallen. Der Kahn ist ja noch gesperrt, oder?"

„Ja. Auch wenn die vier Eigner schon ein Dutzend Mal angerufen haben!"

„Wo zum Teufel kommt das Sarin her? Und warum tötet man zwei russische Mädchen?"

„Keine Ahnung. Über die Herkunft kann uns sicher das Militär mehr sagen", meinte Maria.

„Das bezweifle ich. Die Armee ist nicht bekannt für gedankliche Höhenflüge", antwortete Angelos. „Ich denke, dass Abu uns viel mehr darüber sagen kann. Aber warten wir ab, was das

Labor sagt. Hast du auch das technische Personal befragt?"

„Nein. Nur Security und Service. Ich wusste ja nicht. dass die Technik eine Rolle spielt!"

„War kein Vorwurf. Sollte das Labor den Befund bestätigen, dass vernimmst du die Techniker und inspizierst die Klimaanlage. Schau nach Manipulationen oder falschen Kartuschen beim Hygienemittel. Und ich kümmere mich um Abu", sagte Angelos.

„Wobei immer noch die Frage nach dem Motiv bleibt!"

„Sarin für einen Mord an zwei Mädchen? Das wäre mit Kanonen auf Spatzen schießen. Die Täter hätten die ganze Yacht vergasen können. Ich befürchte, es könnte ein Testlauf gewesen sein! Aber wofür? Egal. Schritt für Schritt. Warten wir das Ergebnis ab", sagte Angelos. Just im selben Moment vibrierte Marias Handy.

„Das ging aber schnell", sagte Maria und meldete sich mit „Kripo Mykonos".

Dann sagte sie fünf Minuten nichts.

„Ich danke Ihnen. Trotz des Sarins liegt die Zuständigkeit bei uns. Natürlich müssen Sie Athen benachrichtigen, obwohl das nicht nötig wäre. Der Hauptkommissar ist ein enger Freund des Premierministers!", sagte Maria und wischte das Gespräch weg.

Angelos lachte.

„Du lernst schnell. Es ist also definitiv ein Gas?"

„Ja. Sarin. Beim Militär laufen sie Amok deswegen!"

„Als ob das Sarin bei denen eine Gefahr wäre. Es ist bei uns", knurrte Angelos. „Gut. Ich rufe Abu an. Du machst die Vernehmungen. und nimm einen Klimatechniker mit. Ruf Dimitri Matanzas an. Er wartet viele Anlagen!"

# 25

Angelos Nikakis hatte gerade vor seinem Haus in Ornos den Motor abgestellt, als sein Handy brummte und als Anrufer „Vollpfosten" anzeigte.

„Mykonos grüßt den Premierminister. Was willst du?"

„Was ich will? Kannst du dir das nicht denken? Der Verteidigungsminister hat mich angerufen und war fast hysterisch. Giftgas auf einer griechischen Insel! Karamanlis will, dass das Militär ermittelt!"

Angelos lachte.

„Unser Militär kann nicht mal unsere Grenze schützen. Karamanlis hat nicht nur den Kopf eines Pferdes, sondern auch dessen Gehirn. Zuständig ist allein Mykonos. Bei Zweifeln empfiehlt sich ein Blick ins Gesetz!"

„Niemand würde es wagen, seine Königliche Hoheit, den Beherrscher von Mykonos, infrage zu stellen", spöttelte Antonis Migiakis. „Aber du hast zwei große Fälle gleichzeitig. Was schadet da Hilfe?"

„Wir sind zwei Kommissare, ich und mein Mann, dazu eine Kommissarsanwärterin, den israelischen Geheimdienst und einen inoffiziellen Kontakt von höchstem Wert", antwortete Angelos.

Migiakis lachte.

„Mit inoffiziellem Kontakt meinst du sicher Abu Bakar, den Drogenkönig der Ägäis!"

„Der uns schon oft die entscheidenden Hinweise geliefert hat. Während unsere Polizei und die Geheimdienste noch faxen, kann Abu Satelliten hacken. Im Übrigen hoffe ich, dass du über eine sichere Leitung anrufst!"

„Was immer ,sicher' heißt, wenn die Räume vom eigenen Geheimdienst überprüft werden", seufzte Migiakis.

„Ich könnte dein Büro von Abu checken lassen", schlug Angelos nicht ganz ernstgemeint vor.

„Tolle Idee. Ein Drogendealer, der die Villa Maximos betritt", knurrte Migiakis. „Also gut. Aber ich will regelmäßig informiert werden über den Ermittlungsstand!"

„Wenn ich dafür Zeit habe", sagte Angelos und wischte das Gespräch weg.

Yariv stand vor der Haustüre, im Hintergrund war lautes Gebrüll zu hören.

„Warum schreit Yossi denn so laut?", fragte Angelos.

„Nun. Soweit ich mitbekommen habe, halten einige von Yossis Mitarbeitern deine Theorie für gewagt!"

„Tja, es bedeutet stumpfsinnige Ermittlungsarbeit. Das ist natürlich weniger spannend als einen iranischen General ins Jenseits zu befördern. Übrigens könntest du recht haben: die Mädchen sind mit Sarin getötet worden!"

Yariv zog die rechte Augenbraue hoch.

„Wie kann das möglich sein? Ein Darkroom hat nur einen Zugang: die Türe. Und auf dem Boden waren laut Spusi keine Spuren außer dem Urin der Leichen. Das Zeug muss ja verflüssigt in einer Ampulle ... nein, warte: die Klimaanlage", sagte Yariv.

Angelos nickte.

„Maria lässt sie überprüfen!"

„Sarin für einen Doppelmord? Das ist ja ..."

„Perlen vor die Säue werfen, um es makaber auszudrücken!"

„Dann war es ein Test", stellte Yariv fest.

Angelos lächelte.

„Als wären unsere Gehirne per Bluetooth verbunden!"

„Vielleicht funktioniert die Datenübertragung auch hierüber", sagte Yariv und streichelte Angelos über den Schritt.

„Dann müssen wir mindestens zwei Mal täglich die Geräte synchronisieren", sagte Angelos.

Yariv lachte laut.

„Diese flüssige Datenmenge kann kein Computer bewältigen!"

„Das schaffst du schon. Ich denke, ich sollte Abu fragen, wo das Zeug herkommen könnte", sagte Angelos.

Yariv nickte.

„Es gibt eigentlich nur zwei Möglichkeiten: Russland oder Syrien!"

„Ich befürchte Letzteres", antwortete Angelos und tippte auf ‚Escobar, der Zweite'.

„Ich bin noch nicht ganz so weit", sagte Abu sofort.

„Keine Sorge. Das ist mir klar. Ich rufe wegen etwas anderem an. Ein Doppelmord, bei dem …"

„…Sarin eingesetzt wurde", ergänzte Abu und lachte, weil es Angelos die Sprache verschlagen hatte.

„Du hörst doch nicht etwa mein Telefon ab?", fragte Angelos.

„Das würde ich nie wagen. Ich habe einen Informanten bei der Marine. Schließlich ist das Meer mein Betriebssitz. Da muss ich schon wissen, was die Marine treibt – sollten sie denn Treibstoff haben, was meist nicht der Fall ist!"

„Gott sei Dank bist du nicht mehr mein Gegner!"

„Du warst der Hartnäckigste und zu meiner Überraschung nicht korrupt. Eine nervige Kombination", sagte Abu und lachte.

„Und jetzt sagst du mir bitte, wo das Sarin herkommen könnte. Wir tippen auf Syrien, es könnte aber auch der Irak oder der Iran sein!"

„Syrien? Irak? Bei allem Respekt: diese Länder gibt es nicht mehr. Zusammen mit dem Libanon und der Osttürkei ist es ein riesiges Gebilde, das wir

Banditustan nennen. Gewalt, Drogen und Korruption!"

„Also quasi dein Traumurlaubsziel", sagte Angelos und lachte.

„Ich hätte dir doch in den Kopf schießen sollen. Wärst du einer meiner Mitarbeiter, dann ..."

„Sarin, Abu. Sarin!"

„Also: als sich der IS ausbreitete, nahm die syrische Armee die Beine unter die Arme. Aber selbst das war manchmal nicht schnell genug. Im Oktober 2016 nahm der IS eine Kaserne bei Palmyra ein. In der Kantine dampfte noch das Essen. Es handelte sich um den Stützpunkt im Osten, der als einziger Gasvorräte hatte. Die eine oder andere Tonne warf man bekanntlich über Hama oder anderen Städte ab. Jedenfalls waren die Gangster des IS hocherfreut und transportierten ihre Beute nach Rakka. Aber in der Zeit, in der ich dort war, wurde es nicht eingesetzt. Dennoch: sie handelten mit allem, was kriminell war!"

„Im Gegensatz zu dir!"

„Kugel in den Kopf? Nein, meine Spezialität sind bekanntlich ..."

„...Nägel durch die Hoden, mir bekannt! Weißt, du wieviel der IS erbeutet hat?"

Abu lachte.

„Genug, um drei europäische Metropolen menschenleer zu machen!"

Angelos seufzte.

„Aber ich habe auch Nachrichten, die dich erfreuen könnten", sagte Abu.

„Zu deiner Schläfer-Suche: die Kombination ‚Reich, aber zurückhaltend' widerspricht massiv dem Charakter der Araber. Wer Geld hat, zeigt es. Also hält sich die Zahl der Verdächtigen sehr in Grenzen, Meine zwölf Mitarbeiter, die ich abgestellt habe, waren mehr als fleißig!"

„Ich bin dir mehr als dankbar", sagte Angelos. „Von welcher Größenordnung sprechen wir?".

„Wie gesagt: weniger als ich selbst gedacht habe. Libanon, Syrien und Palästina – dazu der Nordirak: sechzehn. Der Rest prahlt und protzt oder ist Politiker oder Militär. Jetzt geht es um die nähere Eingrenzung: Sohn, der Griechisch gelernt hat und nicht mehr da ist. Aber ich denke, ich weiß morgen mehr!"

Angelos war sprachlos.

„Ich hatte mit viel mehr gerechnet. Das erleichtert die Arbeit ungemein. Und es muss schnell gehen, weil ich einen zweiten Anschlag befürchte!"

„Morgen, mein Großer", sagte Abu.

„Lass mich raten: du möchtest unbedingt schneller sein als die Israelis!"

„Wer würde nicht den Mossad schlagen wollen? Deren Problem ist, dass sie nicht Arabisch denken können oder wollen! Außerdem liebe ich den sportlichen Wettbewerb!"

# 26

ngelos und Yariv Nikakis lagen schon im Bett, als Yariv fragte:

„Warum hast du Yossi nichts von Abus Liste erzählt? Zwischen Abu 16 und Yossis 128 klafft dann doch eine gewisse Diskrepanz!"

„Ganz einfach: er würde dazu neigen, seinen eigenen Zahlen zu vertrauen. Das entspricht der menschlichen Natur. Aber Yossis Ergebnis beruht auf der Datenlage. Zahlen. Abu hingegen hat überall Informanten. Von Aleppo bis Bagdad.

Er kennt manche persönlich, die bei Yossi nur eine Nummer sind. Daher neige ich dazu, Abus Liste Vertrauen zu schenken. Und dann ist da noch ein anderer Grund: unser Schläfer wird nicht der Einzige sein. Das jetzige Ergebnis ist der Suchfilter vor der Eingrenzung auf ‚Sohn lernte Griechisch und ging nach Griechenland'. Für die Suche nach Schläfern in anderen Ländern muss er die Liste von heute verwenden", sagte Angelos.

Yariv lachte.

„Du hast ihm also einen Gefallen getan, ohne dass er es weiß?"

„So in etwa. Er wird zwar morgen mehr als bockig sein, aber wenn nach dem Kriterium ‚Griechenland' nur noch vier oder fünf übrigbleiben, wird er hocherfreut sein. Den Wert der Liste – den wird er erst erkennen, wenn ihm aufgeht, dass diese Herren vielleicht keine

Schläfer geschickt haben, aber geheime Finanziers sein könnten", sagte Angelos.

„Und der Sarin-Mord?", fragte Yariv.

„Die Nachricht würde Yossi in Panik versetzen. Er verlegt den Tatort gedanklich von Mykonos nach Tel Aviv. Na ja, Juden und Gas sind eine semantisch gefährliche Verbindung!"

„Vergiss nicht, dass man mich wahrscheinlich auch vergast hätte", sagte Yariv.

„Erstens bist du nur Dekorations-Jude und zweitens war die Hälfte der SS schwul. Ein Blinzeln von dir und der Obersturmbannführer hätte angefangen zu sabbern!"

Yariv prustete los.

„Wenn es ein so geiler Bock wie du gewesen wäre – dann hast du recht. Aber vor Yossi solltest du dir diesen Scherz verkneifen!"

„Ich erzähle ihm überhaupt nichts von dem Sarin, bis wir es gefunden haben. Außerdem habe ich einen jüdischen Mann, einen jüdischen Mitarbeiter im Rathaus und der Mossad betrachtet mich als Freund. Da habe ich einiges gut", sagte Angelos.

„Selbst wenn wir morgen eine dezimierte Liste bekommen, wird es kein Selbstläufer. Der Junge könnte schon beim Eintritt in das Internat oder die Privatschule einen anderen Namen gehabt haben", meinte Yariv.

„Nein. Ein Junge mit griechischem Namen, der nur schlecht Griechisch spricht?"

„Woher weißt du, dass er schlecht Griechisch gesprochen hat?", fragte Yariv.

„Er war vermutlich acht oder zehn Jahre alt und Griechisch eine Fremdsprache. Und keine einfache. Nein, er hat erst später den Namen gewechselt!"

„Es bedeutet dennoch, dass wir alle Privatschulen abklappern müssen. Ich habe heute schon eine Liste gemacht. Es gibt nur ein Problem: der Sohn müsste 1990 eingetreten sein. Das liegt 30 Jahre zurück!"

„Da ist es von Vorteil, Bürgermeister zu sein. Alle Bildungsabschlüsse werden zentral beim Bildungs-ministerium erfasst. Wir müssen vielleicht ein paar Umwege gehen, aber wir kommen ihm Schritt für Schritt näher. Ich hoffe nur nicht, dass das Sarin und der Schläfer zusammengehören!"

„Solltest du am Ende recht haben, müsste ich sagen: du bist ein Genie. Und verschwendest deine Fähigkeiten hier!"

„Ich kann gut ohne Applaus leben. Mir reicht es, wenn mein Mann applaudiert", sagte Angelos und grinste.

Yariv lachte.

„Ich lasse meine Pobäckchen applaudieren. Wäre das Anerkennung genug?"

„Auf jeden Fall!"

# 27

Yossi arbeitete bereits seit 8.00 Uhr, telefonierte und las eingehende Nachrichten. Es war die schiere Menge an Informationen, die ihn zusehends desillusionierte. Er wusste, dass es noch dauern würde, bis Angelos und Yariv zu ihm stoßen würden. Es hätte auch keinen Sinn gemacht, den Hauptkommissar zu wecken. Angelos brauchte eine Stunde und drei Espressi, um sich an seinen Namen zu erinnern.

„Hör auf zu jammern, Ramona. Da wir keinerlei Spuren haben, bleibt uns nur Angelos´ Theorie. Außerdem sind diese Listen nicht unbrauchbar, Wenn darunter Geldgeber des IS oder der Hisbollah sind, haben wir die in Zukunft auf dem Schirm. Bei wie vielen Personen seid ihr jetzt angelangt?"

Die Antwort gefiel Yossi überhaupt nicht.

Gegen 11 Uhr gesellten sich Angelos und Yariv dazu.

„Espresso getrunken. Wie weit ist Tel Aviv?", fragte Angelos.

„Sie haben 98 Kandidaten", sagte Yossi deprimiert.

„Dann fragen wir doch mal unseren Zusatzgeheimdienst!" Angelos tippte auf Abus

Nummer und anschließend auf Raumlautsprecher.

„Drogenfahndung Mykonos, guten Morgen, mein Bester!"

„Ich schreibe gerade die Rechnung für diesen unfassbar großen Aufwand", antwortete Abu Bakar.

„Die verrechnen wir mit dem Posten ‚Angelos hat Abus Leben gerettet'", sagte Angelos und lachte.

„Damit sind wir aber dann quitt. Bereit für die Informationsflut?"

„Oh Gott, so viele?", fragte Angelos.

„Nein. Im Gegenteil. Aber zu den einzelnen Kandidaten haben wir einiges!"

„Nun schieß schon los", knurrte Angelos.

„Es sind vier nach dem Suchfilter ‚Griechenland'. Ihre Namen: Amer Shafia, Musa- al-Tamari, Saleh Rateb und Yussuf Matouk. Zwei Libanesen, ein Palästinenser und ein Syrer!"

„NUR VIER?", fragte Yossi eine Spur zu laut.

„Das heißt wohl, im Spiel zwischen Abu und dem Mossad steht es 1-0 für mich", kicherte Abu ins Handy.

„Ein Spiel dauert 90 Minuten", knurrte Yossi.

„Klappe, Yossi. Hören wir doch einfach mal zu", sagte Angelos.

„Vielen Dank, mein Freund. Die genannten Herren sind reich und gleichzeitig dezent. Sie haben mindestens einen Sohn, der Griechisch lernte und nach Griechenland geschickt wurde!"

„Das ist super", meinte Angelos und schöpfte Hoffnung.

„Aber es geht noch weiter. Von den vieren fallen zwei weg. Einer ist wieder zuhause und der andere war rund um das Attentat in London auf Business Trip. Bleiben zwei: Amer Shafia und Yussuf Matouk. Möchtest du noch wissen, auf welche Schule sie in Griechenland gingen?"

Stille.

„Ah, ich deute das Schweigen so, dass ihr mit meiner Leistung zufrieden seid", sagte Abu und lachte laut.

„Amer ging auf ein Internat in Ioannina, Yussuf auf Korfu, es gibt jeweils nur eine Privatschule dort!"

„Grundgütiger. Wie hast du das geschafft?", fragte Angelos ungläubig.

„Nun, ich beschäftige so um die 300 Mitarbeiter aus allen Ecken des Nahen Ostens und habe das Mehrfache an Informanten. Meine Filialen, wenn wir es so nennen wollen!"

„Nennen wir es lieber Drogendealer- und Produzenten. Aber deren Tätigkeit ist unwichtig. Ich bin dir …"

„Nun warte doch mal. Ich bin noch nicht fertig. Amer und Yussuf sind beide jeweils kurz nach Eintreffen in Griechenland angeblich verstorben. Mit großem Brimborium in Beirut und Sidon beerdigt. Aber ich bin mir sicher, ein Grab ist leer oder es liegt ein anderes armes Schwein darin. Aber das ist nur eine Vermutung. Eine Exhumierung wäre wohl zu auffällig!"

„Jetziges Alter?", fragte Angelos.

„Amer wäre 35, Yussuf 38", sagte Abu.

„Und ich bin noch immer nicht fertig. Ich würde Amer nicht unbedingt ausschließen. Yussufs Vater hat sein Geld mit Immobilien gemacht. Er kaufte die im Bürgerkrieg zerstörten Immobilien und wurde stinkreich, als er sie nach dem Krieg verkaufte. Aber bei Yussuf gibt es noch ein interessantes Detail. Nämlich ein persönlicher Schicksalsschlag. Yussufs Mutter wurde 1982 getötet, als sie eine Freundin in Schattila besuchte. Das war kurz nach seiner Geburt!"

Yossi schaute ungläubig. Yariv zog den Flip-Chart hervor, deutete auf das Wort „Schattila" und grinste breit.

„Seine Mutter wurde also von Israelis ermordet? Das wäre ein plausibler Grund für lodernden Hass", sagte Angelos.

„Wir haben niemand ermordet. Das ist eine infame Lüge der Araber", protestierte Yossi.

„Stimmt, Es waren die Drusen. Eure Verbündete. Ihr habt sie eingeladen und zugesehen, wie sie Frauen und Kinder massakrierten", sagte Angelos. „Oder liege ich verkehrt, Abu?"

„Genauso war es. Ein abgekartetes Spiel. 1200 Tote. Und darunter war Yussufs Mutter! Der Junge müsste 1990 nach Griechenland gekommen sein, denn im September beantragte er ein Visum!"

„Gut. Ab hier übernehmen wir", sagte Angelos zu Yossi, der kopfschüttelnd vor dem Flip-Chart stand.

„Du kannst also deinem Ministerpräsidenten sagen, dass wir den Kreis der Verdächtigen auf zwei reduziert haben. Wie hat er mich einmal genannt?", fragte Angelos.

„Einen kleinen Dorfpolizisten!"

„Tja. Manchmal ist die Polizei besser als ein Geheimdienst!"

„Die Polizei und ein Drogenhändler", sagte Yossi und lachte. „Und du informierst deinen Premier?"

Angelos schüttelte den Kopf.

„Nö. Der ist glücklich, wenn er von mir nichts hört. Im Übrigen hat Athen auf Mykonos nichts zu sagen!"

„Soll ich deine Schärpe und die Krone aus dem Schrank holen?", fragte Yariv und grinste.

„Geh er mir aus den Augen, Unwürdiger! Vorher küsse er mich!"

# 28

Mykonos, Ornos – Donnerstagnachmittag

Gut. Arbeitsteilung. Ich rufe Kerkyra an. Du, Yariv, in Ioannina. Yossi: du lässt die beiden Väter durchleuchten. Die Kommunikation der letzten Monate, auch wenn ich nicht glaube, dass es einen Kontakt gab. Äh – und dann müssten wir uns deine Gulfstream ausleihen. Es ist besser, wir sprechen mit den Lehrern vor Ort", sagte Angelos.

„Und wenn hier etwas passiert?"

„Gibt es noch Maria. Ich kann dich auch zum 24-Stunden-Kommissar ernennen", sagte Angelos und lachte.

Und so griff Angelos nach dem Handy und wählte die Nummer des Antonis-Spiridon-Gymnasiums auf Kerkyra.

„Jassas. Kripo Mykonos, Nikakis. Wir bräuchten Auskünfte über einen Ihrer Schüler!"

„Das geht nicht. Auskünfte kann nur der Direktor geben. Und der ist … äh … beschäftigt", sagte die weibliche Stimme.

„Heißt: er ist betrunken oder generell nicht immer da?"

„Letzteres. Sie müssen das Formblatt 9/12 ausfüllen und dann …"

„Gnädigste, ich werde sicher kein Formblatt ausfüllen, denn es handelst sich um einen Fall von ‚Gefahr im Verzug' oder ‚nationaler Sicherheit'! Ich kann auch den Bildungsminister anrufen. Sie entscheiden", knurrte Angelos.

Bürokraten – der Untergang Griechenlands.

Die Frau auf Kerkyra seufzte.

„Welcher Schüler? Und welches Jahr?"

„Yussuf Matouk. 1990!"

Die Frau lachte.

„1990? Das ist dreißig Jahre her. Was soll das mit der nationalen Sicherheit heute zu tun haben?"

„Das lassen Sie mal meine Sorge sein. Also?"

„Ich befürchte, da haben wir überhaupt keine Unterlagen. Das war vor der Computerzeit!"

„Aber sie haben doch sicher Akten", sagte Angelos.

„Im Prinzip ja. Die lagerten alle im Keller. Zehn Jahre haben wir um einen Zuschuss gebeten, da die Regale kaputt waren – kein Wunder, nach achtzig Jahren. Irgendwann sind sie zusammengebrochen und seitdem liegen alle Aktendeckel aus achtzig Jahren auf einem Haufen. Ich war seitdem nicht mehr im Keller. Und wissen Sie was? Vorgestern kam der Bescheid, dass wir Mittel zur Reparatur bekommen. Zehn Jahre nach dem Antrag", sagte die Frau empört.

„Ich dachte, Ihre Schule ist privat?"

„Ist sie auch. Aber für die Räumlichkeiten ist der Staat zuständig!"

„Irgendjemand, der mir weiterhelfen könnte?"

„Und sich an einen Schüler erinnert, der vor dreißig Jahren hier an der Schule war?"

„Vorzugsweise, ja!"

„Da gibt es nur eine. Die frühere Direktorin. Soti Dimoula. Sie ist ein wandelndes Archiv. Fraglich nur, ob sie es öffnet!"

„Wieso? Ist sie dement?"

„Schlimmer. Sie ist bösartig, aber vollkommen klar im Kopf. Wenn Sie mit ihr sprechen möchten, kann ich Ihnen die Nummer geben. Sollten Sie sich mit ihr treffen: ziehen Sie eine Rüstung an. Sie ist das personifizierte Gift!"

Das Telefonat begann dann auch dementsprechend.

„Jassas, Frau Dimoula. Sie waren doch Lehrerin an der …"

„Erstens: ich war DIREKTORIN. Zweitens: wer will das wissen?"

„Die Kriminalpolizei auf Mykonos, *Frau Direktorin*!"

„Die Kripo Mykonos. Aus wieviel Mann besteht die denn? Zwei?"

„Drei, Was aber nichts über die Leistung aussagt", knurrte Angelos.

„Und was wollen Sie?"

„Es geht um einen Ihrer ehemaligen Schüler. Allerdings reden wir über das Jahr 1990. Ich weiß, dass Sie Tausende von Schülern hatten, aber …"

„ICH BIN WEDER DEMENT NOCH TOT", keifte Dimoula durch das Telefon.

„Yussuf Matouk, Jahrgang 1990!"

„Typischer Levantiner. Verschlagen, aber intelligent. Hat seinen Abschluss 2001 gemacht. Für Details müsste ich aber einiges heraussuchen. Wir treffen uns morgen um 16 Uhr im ‚Korfu Palace', zum Afternoon-Tea. Und Sie bezahlen!"

„Wie erkenne ich Sie?", fragte Angelos.

„Was glauben Sie, wie viele 96-jährige werden wohl da sein? Bis morgen, Kommissar!"

Yarivs Gespräch war weniger anstrengend, brachte aber eine wichtige Erkenntnis.

„Amer ist tatsächlich gestorben. Er ist beim Schwimmen im See ertrunken. Damit ist klar: unser Mann ist Yussuf Matouk. Wir müssen lediglich eine

Lücke von 30 Jahren auffüllen. Eine Kleinigkeit",
sagte Yariv mit Ironie in der Stimme.
„Irgendwie habe ich das Gefühl, dass uns der
Drachen aus Kerkyra beim Auffüllen helfen kann",
sagte Angelos. „Yossi. Sag deinem Piloten, ich
brauche einen Flugplan nach Kerkyra, Abflug
14.00 Uhr, Rückflug ab 18.00 Uhr!"

# 29

Kerkyra (Korfu), Freitagnachmittag

So ein Privatjet hat schon was, dachte
Angelos Nikakis beim Landeanflug auf den
Flughafen von Kerkyra, der mittlerweile
mitten in der Stadt lag.
Wegen des Privatjets huschte Angelos der Name
Khaled durch den Kopf. Khaled: sein Jet, seine
Yacht und generell die Attitüde eines Menschen,
der glaubt, Luxus stehe ihm qua Geburt zu.
Khaled: Angelos Ex-Ehemann – und wiederum
auch nicht, denn die Ehe wurde wegen eines
Formfehlers annulliert. Khaled, der ihn und Yariv
ermorden wollte. Noch immer fragte sich
Angelos, ob sich Khaled während der gesamten
Beziehung verstellt hatte oder ob er von Grund

auf böse war. Liebe und Hass sind Geschwister, dachte Angelos und löste seinen Gurt.

Mit dem Taxi fuhr er die wenigen Kilometer zum „Korfu Palace". Der Afternoon-Tea wurde heute unter den Jacaranda-Bäumen serviert.

Direktorin Dimoula saß an einem kleinen Tisch am Übergang zum Strand. Sie musste es sein.

Faltig und so geschrumpft, dass sie kaum über die Tischkante schauen konnte.

„Jassas, Frau Direktorin. Angelos Nikakis. Kripo Mykonos!"

Die Direktorin musterte ihn von unten bis oben.

„Sie sind einer der Männer, vor denen ich meine Mädchen immer gewarnt habe. Und der Schnitt Ihrer Hose ist schlicht ordinär!"

„Es ist erstens meine weiteste Hose. Und zweitens braucht sich keine Frau vor mir fürchten. Mein Ehemann stimmt mir da sicher zu", antwortete Angelos. Er wollte noch hinzufügen, dass Größe und Liegeplatz seines Geschlechtsteils niemand etwas angehe.

„Ehemann? Heilige Jungfrau. Es wird Zeit, dass ich sterbe!"

Gute Idee, dachte Angelos. Ich könnte dabei behilflich sein, bräuchte ich nicht einige Informationen.

„Für Ihre Lebensweise werden Sie sich vor Gott verantworten müssen", keilte Direktorin Dimoula.

„Da bin ich ganz entspannt. Mein Mann und ich wurden vom Metropoliten Hieronymus persönlich getraut!"

„Aber natürlich. Mein Trauzeuge war der Papst!"

Wortlos tippte Angelos auf seinem Handy auf „Galerie" und zeigte ihr das Hochzeitsfoto.

„Einigen wir uns auf ein Unentschieden", schlug Dimoula vor – mit dem Ansatz eines Lächelns, das eher einem Fletschen glich.

„Yussuf Matouk also. Ist er in etwas Unappetitliches verwickelt?"

„Das wäre eine Untertreibung. Leider darf ich Ihnen nichts sagen: nationale Sicherheit!"

„Dann darf ich Ihnen auch nichts sagen: wegen meiner persönlichen Sicherheit. Also?"

„Es besteht ein vager Verdacht, dass er mit dem Anschlag in Saloniki zu tun hat", sagte Angelos. „Sie haben bestimmt schon davon gehört!"

„Ich bin weder doof noch tot. Nun, ich weiß aber nicht, wie ich Ihnen weiterhelfen könnte. Er war mein Schüler, ja – aber das ist ewig her!"

„Ich weiß. Aber wir wissen nichts über ihn. Und ich meine wirklich: nichts!"

Dimoula holte einen Zettel aus ihrer Handtasche, die sicherlich noch älter war als sie selbst.

„Yussuf kam zu Beginn des Schuljahres 90/91. Er sprach ein grässliches Griechisch. Ich musste ihm separat Nachhilfe geben, aber er war keineswegs dumm. Naturwissenschaften lagen ihm. Sonst war er unauffällig. Er hat seinen Abschluss 2001 gemacht, Note 1,6 und verließ uns am 24. Juni 2001!"

„Sie erinnern sich selbst an den genauen Tag?", fragte Angelos.

„Keine große Leistung. Die Zeugnisse werden immer am 23. Juni ausgehändigt. Danach räumen die Schüler ihr Quartier auf, feiern abends, um am nächsten Tag verlassen sie uns!"

„Und fahren heim zu den Eltern", ergänzte Angelos.

„Ja. Viele gehen gleich zum Wehrdienst, manche nach Hause. Yussuf dagegen nicht!"

Angelos schaute ungläubig.

„Sie wissen noch, wo Yussuf am 24. Juni 2001 gemacht hat?"

Die Direktorin strafte ihn mit einem strengen Blick.

„Am Nachmittag rief er mich an und sagte, er habe vergessen, die Auszahlung der monatlichen Unterstützung bei Western Union zu ändern!"

„Wohin sollte das Geld?"

„Nach Saloniki. Aber den Empfänger weiß ich nicht mehr!"

Angelos atmete tief durch. Mist.

„Geduld, junger Mann. Die hiesige Filiale von Western Union wird von meinem Enkel geleitet. Die Transaktion ist sicherlich noch in den Büchern. Ich habe ihn bereits gebeten, die Überweisung herauszusuchen. Ich weiß noch, dass ich mich über den Namen wunderte. Es sei ein Freund, weil die nächste Filiale zu weit weg wäre!

Also warten wir jetzt auf den Rückruf meines Enkels. In der Zwischenzeit dürfen Sie mich noch auf einen doppelten Cognac einladen!"

Soti Dimoula grinste.

„Ich sehe, dass Sie dabei sind, Ihre Vorurteile über ältere Damen zu ändern!"

Angelos nickte, noch immer fassungslos über die Fülle an Informationen.

In wenigen Minuten haben wir den Namen.

Dimoulas Handy brummte.

Sie sagte kein Wort, lediglich „Efcharistó". Danke. Und sie genoss den Moment. In Zeitlupentempo griff sie nach ihrer Teetasse und trank.

Ich erwürge sie, dachte Angelos. Danach.

„Also, junger Mann. Die Überweisung ging an einen gewissen ... Menis Dimou!"

Das Ziel war erreicht, dachte Angelos.

Aber er sollte sich irren.

# 30

Wie war die Vergnügungsreise?", fragte Yariv, als Angelos wieder an Bord der Gulfstream war.

„So angenehm wie eine Wurzelbehandlung", knurrte Angelos. „Aber wir haben einen ... den Namen: Menis Dimou. Universität Saloniki. Internet, Steuerbehörde, Passamt. Aber das weißt du selbst. Ich bin in einer Stunde da!"

„Wird erledigt. Aber du hast etwas vergessen", sagte Yariv.

„Was denn?"

„Ähem!"

„Ach so. Ich liebe dich, Kleiner!"
„Schon besser. Bis gleich!"

Aber was ein Moment des Jubels werden sollte, endete in Ratlosigkeit.
Angelos war fassungslos.
„Soll das heißen, er ist nach dem Studium vollends abgetaucht?"
„Nach der Uni kein Eintrag im Internet, keine Steuererklärung, keine Autozulassung … nichts seit 2014", sagte Yariv.
„Er hat den Namen noch einmal geändert. Insgesamt zwei Mal. Respekt. Und Scheiße! Moment. Jede Fakultät macht eine Feier zum Abschluss, Und die jeweilige Uni-Zeitung bringt Fotos. Gruppenfotos, Aufnahmen von der Feier. Müsste 2006 oder 2007 gewesen sein. 8 oder 10 Semester", sagte Angelos.
„Aber Großer. Wenn er so vorsichtig ist, wie du sagst, wird er jedem Fotografen aus dem Weg gegangen sein!"
„Vielleicht. Aber er wusste, dass er sofort danach erneut die Identität wechseln würde. Außerdem haben wir nichts anderes. Jeden Kontakt, den er – wenn überhaupt - zu Kommilitonen hatte, hat er mit Sicherheit eingestellt!"
„Und wo hat er die Papiere her?", fragte Yossi.
„Saloniki ist eine Hafenstadt, In denen bekommst du alles. Außerdem gibt es haufenweise Konsulate, in denen unterbezahlte Angestellte arbeiten!", sagte Angelos.

„Gut. Du legst dich hin. Wir kontaktieren die Uni und die Fakultät. Aber was machen wir, wenn wir ein Foto haben?"

„Schritt für Schritt. Uns bleibt immer noch die Öffentlichkeitsfahndung. Kriegt er kalte Füße, flieht er. Damit könnten wir zumindest den zweiten Anschlag verhindern", meinte Angelos. „Ich lege mich kurz hin!"

Er war schon auf der Treppe, als er noch einmal zurück in die Küche ging.

„Was hat er eigentlich studiert?"

„Betriebswirtschaft und Elektrotechnik", sagte Yariv. „Letzteres würde passen!"

„Welche Art Abschluss?", hakte Angelos nach.

„Was spielt das für eine Rolle?", fragte Yossi.

„Ich schaue nach. Warte", sagte Yariv.

„Heilige Scheiße. Er hat promoviert. Das Thema: ‚Technische Innovationen zur Reduzierung von Viren in Klimaanlagen'!"

„Das ist unser Mann. Und der Yacht-Mord hängt zusammen mit Saloniki. Es muss ein Testlauf gewesen sein. Aber es gibt Zehntausende von Klimaanlagen auf der Insel", sagte Angelos, war aber zu müde, um klar denken zu können.

Drei Stunden später kam Angelos wieder herunter. Yossi und Yariv hatten ein Foto in der Hand.

„Ihr habt es?", fragte Angelos.

Yariv nickte und gab ihm das Foto.

Angelos erstarrte.

„Das gibt es doch nicht. Habt ihr noch mehr?"

„Ja. Das offizielle und zwei von der Feier. Was ist denn?"

„Grundgütiger. Er ist es", sagte Angelos leise.

„DU KENNST IHN?", fragte Yossi.

Angelos nickte mit dem Kopf.

„Er lebt hier auf Mykonos. Seit einem Jahr. Sein Name ist Dimitrios Karnezis. Und ich glaube, er steht auf mich!"

Yariv und Yossi starrten Angelos an, als wäre er nicht ganz bei Trost.

„Es war letzten Samstag!"

„Aber wie kann er dann das Attentat begangen haben?", fragte Yossi.

„Es war Samstagmorgen. Kein Problem, rechtzeitig nach Saloniki zu kommen, wenn alles vorbereitet ist. Und das hat er ganz bestimmt getan. Zeit genug hatte er ja, all die Jahre. Aber jetzt hört zu. Dimitrios alias Menis alias Yussuf ..."

„Einigen wir uns doch auf Yussuf", unterbrach Yariv.

„Nun hört doch mal zu, Herrgott! Yussuf kam ..."

# 31

Habe ich das richtig verstanden? Dir macht ein Mann schöne Augen und als Reaktion setzt du dich vor ihm breitbeinig auf die Schreibtischkante?", fragte Yariv gereizt.

„Wie das klingt! Es hat mich amüsiert und darum wollte ich es genau wissen. Also bin ich etwas näher hin zu ihm. Und er fing an zu stottern und hatte ´ne Gänsehaut. Das war´s!"

„Aha. Und wie oft hast du solche *Termine*?", knurrte Yariv.

„Jetzt mal langsam. Ich schaue anderen Männern nicht mal mehr nach. Also kein Grund, eifersüchtig zu sein. Außerdem ist das nicht das Thema, zum Teufel!"

„Nochmal: du glaubst ein Dschihadist wäre schwul und hätte sich in dich verknallt?", fragte Yossi ungläubig.

„Seit wann hat Sexualität etwas mit Religion zu tun? Du meinst, es gibt unter Moslems weniger Schwule als unter Christen? Heißt: du warst in deinem ganzen Leben noch nie in Marrakesch. Natürlich können sie es nicht ausleben. Aber das kennen wir doch aus unseren Ländern. Viele haben eine Frau geheiratet, haben sogar Kinder. Manche glaubten, sie seien hetero und merken es erst später, dass sie es nicht sind. Nicht wahr, Kleiner?"

„Was soll das denn heißen?", fragte Yossi.

„Mein Ehemann hat bis 27 nur Frauen beglückt und hat sich dann bekehren lassen", antwortete Angelos grinsend.

„Ich wurde mit der Waffe gezwungen", meinte Yariv. „Dennoch: er hat eine Ehefrau …"

„So wie du eine Freundin hattest. Und über seine Frau hat er sich so abfällig geäußert, wie du über … ich habe ihren Namen vergessen!"

„Ich auch", sagte Yariv lachend.

„Wenn er seit einem Jahr hier lebt, weiß er, wer du bist und dass du der Einzige bist, der ihm hier gefährlich werden kann. Schon mal überlegt, dass es vielleicht ein Trick ist, um dich aus dem Weg zu räumen?", fragte Yossi.

„Er hatte eine Erektion. Bei einem Hetero-Dschihadisten eher ungewöhnlich, oder etwa nicht? Außerdem: ermordet man einen Kommissar, führt das in der Regel dazu, dass eine ganze Hundertschaft an den Tatort geschickt wird. Das Letzte, was Yussuf will", sagte Angelos.

„Und der nächste Anschlag? Mit Gas über eine Klimaanlage?", fragte Yariv.

Angelos nickte.

„Zwar braucht kein Mensch bei dem Wind Air-Condition, aber es gibt genügend Irre, die sie trotzdem einschalten. Nur: wir können Hotels und Bars nicht warnen, denn Yussuf hat ein Hotel und wenn wir ihn aus dem Verteiler nehmen, schöpft er Verdacht. Zudem würde er es sofort erfahren, denn die Hotel-Mafia übertrifft in Sachen Schnelligkeit noch das herkömmliche Getratsche!"

„Komplettüberwachung? Kommunikation?", schlug Yossi vor.

„Yussuf wird keinen Kontakt zu Hintermännern haben, weil es keine gibt. Und er wird auch sonst nichts Verdächtiges tun, weil alles bereits vorbereitet ist", sagte Angelos.

„OH NEIN", sagte Yariv laut und bestimmt. „DU WIRST DICH NICHT VON EINEM ATTENTÄTER ANBAGGERN LASSEN. GESCHWEIGE DENN ALLEIN MIT IHM SEIN! KOMMT NICHT INFRAGE!"

„Bist du dir sicher, dass du die Zeichen richtig gedeutet hast?", fragte Yossi.

„Also eine Morgen-Erektion war das nicht. Dennoch: absolut sicher bin ich nicht, dazu hat es nicht lange genug gedauert!"

„Wie beruhigend", knurrte Yariv.

„Aber wir können das leicht überprüfen. Am Sonntag ist eine kleine Einweihungsfeier und ich bin eingeladen. Nein, WIR – denn die Einladung gilt auch für dich, Yariv!"

„Ich erschlage ihn mit den Canapés", meinte Yariv.

Angelos lachte.

„Du gehst nach zehn Minuten ins Freie, weil du telefonieren musst, bleibst aber im Raum und beobachtest ihn und mich. Dann wissen wir Bescheid!"

„Und wenn er dich in irgendeinen Raum zieht?", fragte Yariv. „Du nimmst gefälligst eine Waffe mit!"

Angelos grinste.

„Möchtest du darauf eine Antwort?", fragte er.

„Leck mich", sagte Yariv und ging in Richtung Terrasse.

„Wow. Ich wusste gar nicht, dass er so etwas wie Eifersucht kennt", stellte Yossi fest.

„Ich auch nicht. Aber ein schlechtes Zeichen ist das nicht", sagte Angelos.

„Dennoch hat er recht. Es ist nicht ungefährlich", entgegnete Yossi.

„Wenn es soweit kommt. Eins nach dem anderen. Nur: hast du eine andere Idee? Das übliche Verfahren bringt in dem Falle nichts!"

„Festnehmen?", schlug Yossi vor.

„Das könnt ihr in Gaza oder Beirut oder sonstwo machen. Aber hier funktioniert das nicht. Für die falschen Papiere kriegt er eine Geldstrafe. Nein, wir müssen den anderen Weg wählen!"

„Auch auf die Gefahr hin, dass Yariv sauer ist?"

„Wenn wir dadurch Leben retten können: ja. Aber das sieht er genauso. Er weiß es nur noch nicht", antwortete Angelos und lachte.

„Wie heißt das Hotel eigentlich?", fragte Yossi.

„Aphrodite!"

Yossi lachte.

„Apollon wäre wohl treffender!"

# 32

Mykonos, Elia

Dimitrios Karnezis entschloss sich zu einem Kontrollgang. Das „Aphrodite" war bereit, Gäste aufzunehmen. Morgen würden bereits 80% der Betten belegt sein.
204 Gäste. Mehr als genug. Über 60 Juden.
Karnezis ging von seinem Büro zur Reception.
Giorgios machte das Gesicht, das er seit Tagen machte.
„Schau gefälligst freundlicher. Morgen kommen die Gäste und die wollen keinen griesgrämigen Griechen sehen!"
„Es tut mir leid. Ich mache mir Sorgen wegen der Beschwerden über die Klimaanlage!"
„Herrgott. Warst du heute schon einmal vor der Türe? Es hat 23 Grad bei Windstärke 6. Die Gäste werden sich eher beschweren, weil die Heizfunktion nicht funktioniert. Sind die Radiatoren auf alle Zimmer verteilt?"
„Selbstverständlich, Herr Direktor!"
„Na gut. Mittwoch kommen die Techniker und danach wird die Anlage funktionieren. Zufrieden?"
„Es geht mir um die Gäste, Herr Direktor!"
„Schon gut. Ich schaue nochmal aufs Dach", sagte Karnezis und ging zu den Aufzügen.

Auf der obersten Etage stieg er aus und ging die Treppe zum Dach hinauf. Nur er besaß einen Schlüssel.

Der stramme Wind hätte Karnezis beinahe umgeworfen. Daran kann ich mich nicht gewöhnen, dachte er.

Er kämpfte gegen den Meltemi an und ging zu den riesigen Kästen, in denen die Klimaanlage untergebracht war.

Er öffnete einen der Kästen und ging hinein. Mit kritischem Blick überprüfte er die Anordnung. Das Display zeigte „NOT ACTIVATED".

Alles ist vorbereitet. Die falsche Sicherung war eine zusätzliche Absicherung. Nicht, dass die Veranstaltung beginnt, wenn das Hotel noch leer ist.

Das, dachte Karnezis, wäre eine Verschwendung.

# 33

Warum zum Teufel ziehst du so ein Gesicht?", rief Angelos.

„Vielleicht, weil ich Schwierigkeiten damit habe, dass mein Gatte einen Massenmörder küssen oder vögeln will", sagte Yariv.

„Hast du sie noch alle? Ich weiß noch nicht mal, ob meine Vermutung stimmt!"

Auch Angelos wurde lauter.

„Und noch eines, Kleiner: das war das letzte Mal, dass du vor anderen Leuten dich über mein Geschlechtsteil lustig machst. Das ist nicht witzig – und respektlos. Das ist nämlich kein Geschenk, es bringt einem nur Probleme. Selbst in meiner weitesten Hose sehe ich aus wie ein notgeiler Strafgefangener bei seinem ersten Bordellbesuch nach fünf Jahren Einzelhaft. Weißt du, was der alte Drachen zu mir gesagt hat? Meine Hose sähe obszön aus. Dabei war es die weiteste, die ich habe. Ganz abgesehen davon, dass du schuld bist, dass die ganze Insel weiß, wie es bei mir südlich des Nabels aussieht. Du und diese dämliche Gerichtsverhandlung!"

Angelos hatte sich in Rage geredet.

„Warte mal. Was ist in Wirklichkeit dein Problem?"

„Ich habe Angst, dass dir etwas passiert, du Idiot! Aber dein Charme reicht ja aus, um einen Dschihadisten zu umgarnen. Und wenn nicht, lässt der Herr Kommissar die Hose …"

„VORSICHT, KLEINER! Wir halten jetzt besser beide drei Minuten die Klappe!"

Was sie auch taten.

„In Wahrheit ärgere ich mich über mich selbst. Ich war bisher nie eifersüchtig. Bei dir bin ich es. Aber ich wollte es dir nicht zeigen, weil …"

„…weil dann das Bild des coolen Yariv beschädigt worden wäre? Ich finde, Eifersucht ist keine Schwäche, sondern ein Liebesbeweis", sagte Angelos.

„Alex und Khaled haben dich vergöttert. Und das war bei beiden der Anfang vom Ende. Es ist keine Basis für eine Beziehung, also dachte ich …"

Yariv blinzelte, setzte den Hundeblick auf und drehte an seiner Stirnlocke.

Angelos lachte.

„Mit der Nummer wirst du mich nie los, Kleiner! Egal, wie der Fall weitergeht, ich liebe nur dich. Und ich werde auf mich aufpassen, versprochen!"

„Sagt der Adrenalinjunkie", knurrte Yariv.

„Du bist richtig süß, wenn du sauer bist. Aber denk daran: selbst, wenn mich dieser Arsch anfummelt, es hat nur einen Zweck: Leben retten. Wenn er Gas über eine Klimaanlage in seinem Hotel verströmen lässt, sterben Hunderte. Deren Leben ist wichtiger als dein Wohlbefinden", sagte Angelos und strich Yariv über den Kopf.

„Und wieder fühl ich mich, als wäre ich der Arsch", sagte Yariv kopfschüttelnd.

„Aber du bist mein Arsch. Und knackig und süß!"

# 34

Samstagmittag

Also, ich finde, wir sollten den Laden einfach stürmen. Kleines Team – kein Problem", meinte Yossi.

„Wir sind hier nicht im Nahen Osten. Jeder SEK-Einsatz muss von einem Richter genehmigt werden, selbst bei einer Geiselnahme! Nennt man Rechtsstaat", antwortete Yariv.

„Ah. Deswegen liegen im Wohnzimmer dreißig Blanko-Haftbefehle", sagte Yossi.

„Weil die griechische Justiz grenzenloses Vertrauen in mich hat", meinte Angelos.

Yariv prustete los.

„Die dreißig Blanko-Haftbefehle sind eine Art Entschuldigung dafür, dass Richter Mantzaris Angelos´ Körpermaße bei einer Verhandlung ausgeplaudert hat", sagte er.

„Womit er seine Schuld noch nicht getilgt hat", knurrte Angelos. „Aber: nein. Wir haben nichts außer Indizien. Auch das Überwachen brächte gar nichts. Dennoch: ein Team sollte bereitstehen, für den Notfall. Yossi, noch eines: Bitte überprüf´ du, ob morgen von Tel Aviv Flüge nach Mykonos gehen. Wenn ja, brauchen wir die Hotelbuchungen der Fluggäste!"

„Kein Problem. Ich nehme an, du willst wissen, wie viele im ‚Aphrodite' absteigen!"

„Ja. Yussufs Hauptziel sind Israelis, von daher …"

Zwei Stunden später schaute Yossi grimmig.

„Zwei Flüge mit 62 Touristen, die Yussufs Hotel gebucht haben!"

„Das bedeutet, er hat israelischen Reisebüros Sonderkonditionen angeboten und das schon vor mindestens einem halben Jahr, denn das ist die Deadline für Hotelkontingente. Ein Langzeitplan, den man schon fast bewundern muss. Bleibt die Frage, woher das Eingreifteam kommen soll. Wenn die Gäste Israelis sind, sollten sie die Anweisungen der SEK-Männer verstehen", meinte Angelos. „Aber dass das klar ist: die machen keinen Schritt ohne meine Erlaubnis!"

„Schon klar. Also rufst du jetzt deinen Premier an und fragst um Erlaubnis, dass ein Team von uns übernimmt", sagte Yossi.

Yariv begann laut zu lachen.

„Zu köstlich. Angelos soll Migiakis um Erlaubnis für irgendetwas fragen? Eher friert die Ägäis zu. So etwas entscheidet der Herr Bürgermeister selbst!"

„Das dient nur der Gesundheit des Premierministers. Wir stecken die Jungs einfach in griechische Uniformen. und es müssen mindestens zwei ABC-Einsatzkräfte und ein Elektrotechniker dabei sein. Ich hoffe, wir brauchen sie nicht!"

„Mir ist nicht wohl dabei, bis morgen untätig zu bleiben!"

„Yossi, im Hotel ist noch niemand! Und ich tue morgen mein Möglichstes!"

„Genau davor graut mir", knurrte Yariv.

# 35

Sonntagabend

B ist du fertig?", rief Yariv.
„Aber sowas von", sagte Angelos und kam aus dem Bad.
Yariv prustete los.
„Das ist doch nicht dein Ernst? Da kannst du die Hose auch ganz weglassen!"
„Wieso denn?", fragte Angelos. „Ich dachte, ich ziehe etwas Figurbetontes an!"
„Mit Figur meint man Brust, Hüfte und Po und nicht den Geschützturm. Der arme Kerl bekommt bestimmt Angst", sagte Yariv.
„Ich will, dass er etwas Appetit bekommt", sagte Angelos.
„Auf etwas, was mir gehört", knurrte Yariv.
„Er gehört noch immer mir, aber ich stelle ihn dir gerne zur Verfügung!"
„Wie gnädig von dir. Also los. Auf zum Dschiha-disten-Flirt!"

Hätte noch irgendjemand auf der Insel nicht gewusst, wo das „Aphrodite" lag: ein blauer Laserstrahl würde es ihm leicht machen. Das Hotel lag auf halbem Weg vom Plateau hinunter zum Strand von Elia. Ab der Abzweigung in Ano Mera war der Weg durch Fackeln erleuchtet. Kurz vor dem Resort wurde es spektakulärer: Riesige Feuerschalen standen rund um die Anlage.

„Das alles für ein Soft Opening? Oder sind das Freudenfeuer, weil du kommst", stichelte Yariv.

„Klappe, Kleiner. Du bist freundlich und nach zehn Minuten …"

„Ich kenne den Plan. Und er heißt heute Dimitrios Karnezis, nicht Yussuf. Und ich darf ihn nicht schlagen!"

„Ich bitte darum", sagte Angelos.

Yariv und Angelos hatten noch nicht einmal den Vorplatz betreten, als der Hoteldirektor strahlend auf sie zukam.

„Angelos! Was für eine Freude. Und endlich lerne ich deinen Mann kennen. Ich bin Dimitrios – herzlich willkommen! Gehen wir in die Bar!"

Es waren weniger Gäste anwesend als gedacht.

„Nur ein Stehempfang. Die große Sause dann in zwei Wochen", erklärte Dimitrios/Yussuf.

„Ich hätte einen 72er Dom Perignon, wie wär´s?"

„Ehrlich gesagt, wäre uns ein doppelter 20er Espresso lieber", meinte Angelos.

„Hausbrandt ist deine Lieblingsmarke, nicht?", fragte Dimitrios. „Das macht ein gutes Hotel aus. Man kennt die Vorlieben seiner Gäste!"

„Ich hätte lieber den Dom, damit ich mit Ihnen anstoßen kann auf Ihr beeindruckendes Hotel", säuselte Yariv.

Ich Idiot, dachte Angelos. Yariv macht den Alkoholtest. Und tatsächlich wurde Dimitrios´ Glas trotz zehnminütigem Geplänkel nicht leerer.

Plötzlich brummte es in Yarivs Hose.

„Ah, meine Mutter. Entschuldigung, da muss ich ran", sagte er und ging in Richtung Ausgang.

„Ein richtiger Prinz", sagte Dimitrios.

„Ja, das ist er!"

„Nur du stehst noch darüber. Als König dieser Insel!"

„Das sehen deine Hotelier-Kollegen ganz anders", sagte Angelos grinsend.

„Idioten. Meine Lobrede auf dich hat ihnen gar nicht gefallen. Ich glaube nicht, dass die mich noch einmal einladen!"

Zehn Meter entfernt lehnte sich Yariv an die Wand und beobachtete die beiden. Angelos und Yussuf standen an einem Bartisch.

Es dauerte keine Minute, bis Yariv klar war, dass Angelos die Zeichen richtig gedeutet hatte.

Das Leuchten in den Augen, Yussufs Hand auf Angelos´ Arm, jetzt sogar auf der Schulter.

Und Angelos rieb sich genüsslich am Barhocker. Yariv hätte beinahe losgelacht. Saukerl.

Wie vereinbart, kam Yariv wieder zurück an den Tisch und sagte:

„Entschuldigung. Meine Mutter braucht ein Therapie-Gespräch. Irgendetwas mit meinem Bruder. Kannst du mich nach Hause fahren? Es wird etwas Längeres. Du kannst ja noch einmal herfahren. Hat mich sehr gefreut, Dimitrios!"

Der Wechsel des Gesichtsausdrucks von Ent-setzen (er wird doch nicht gehen?) zu unverhohlener Freude (er kommt wieder – allein!) amüsierte Yariv innerlich.

„Und?", fragte Angelos, als die beiden auf der Rückfahrt waren.

„Frag nicht so blöd. Bei der Nummer mit dem Barhocker stand ihm der Schweiß auf der Stirn.
Man könnte meinen, dass du das früher professionell gemacht hast!"

Angelos zog Yariv am Ohr.

„Unverschämtheit. Du bist mein fünfter Mann. Nicht gerade viel!"

„Und Yussuf wird Nummer sechs", knurrte Yariv.

„Erstens würde das nicht zählen und zweitens wird es dazu nicht kommen: Außerdem ist das nicht das Hauptthema. Hast du an der Rezeption nach der Klimaanlage fragt?"

„Natürlich. Ich hab gesagt, dass es ziemlich warm ist und ob man nicht die Anlage einschalten könne. Der freundliche Herr meinte, sie funktioniere nicht. Er habe es dem Chef mehrmals gesagt, aber der wollte sich selbst drum kümmern. Angeblich wird sie am Mittwoch repariert", sagte Yariv.

„Gut gemacht, Kleiner. Heißt: es passiert morgen oder übermorgen, oder?"

„Wir könnten während deines Dates aufs Dach und die Anlage irgendwie stilllegen", schlug Yariv vor.

„Nein. Sie ist schon ausgeschaltet. Er muss einen separaten Zulauf installiert haben und die Anlage steht, weil alles bereit ist. Und er aktiviert das

Ganze per Handy. Stürmen wir aufs Dach, wissen wir nicht, nach was wir eigentlich suchen und er hat eventuell Zeit genug, das System zu starten.

Der technische Bericht über die Klimaanlage in dem Darkroom auf der Yacht hilft uns gar nichts. Das war ein früherer Lagerraum, den man umfunktioniert und mit einer Einzelanlage versehen hat. Die Kartusche war winzig und würde nicht für eine riesige Hotelanlage reichen. Er wollte das Gas testen, nicht die technische Ausführung. Das Problem hat er schon vor seiner Promovierung gelöst. Außerdem könnten Sprengfallen installiert sein. Also: vergiss es. Ich habe keine Lust, dass Rabbiner kommen, um deine Reste mit Watte aufzusaugen", sagte Angelos.

„Du hast recht. Dann bleibt nur die ‚Operation Geschützturm'", knurrte Yariv.

„Hör auf. Sag mir, was ich sonst tun sollte. Selbst wenn wir jetzt stürmen: wenn er das Handy bei sich trägt, reichen Sekunden, um das Gas freizusetzen. Viele Gäste sind auf ihren Zimmern. All das weißt du. Also mach mir jetzt kein schlechtes Gewissen, weil ich eine Katastrophe verhindern will. Das ist schlicht nicht fair und macht es mir nicht leichter!"

„Sei bitte nicht sauer. Ich sorge mich weniger um den Geschützturm als um den ganzen Rest. Du bist alleine. Mag schon sein, dass seine offensichtliche Zuneigung echt ist, dennoch bleibt er ein skrupelloser Massenmörder", sagte Yariv trotzig.

„Ich bin kein Idiot, Yariv. Sieh das Ganze professionell. Ich brauche dich als Kommissar, der einer ganz normalen Audioübertragung folgt!"

„Aha. Wenn ich also höre, dass er dich umbringt, dann darf ich eingreifen!"

„Erstens wird er das nicht tun. Zweitens habe ich eine Waffe, drittens werde ich nichts essen oder trinken. Das Zeichen für einen eventuellen Zugriff gebe ich. Beurteilen kann das nur derjenige, der vor Ort ist!"

„Mir wäre es recht, wenn du das Handy aufrecht hinstellst, damit wir die Kamerafunktion nutzen können", sagte Yariv.

„Das haben wir doch schon durchgekaut. Es wäre viel zu auffällig. Außerdem bringt es nichts, wenn wir den Standort wechseln!"

„Du meinst vom Wohn- ins Schlafzimmer", ätzte Yariv.

Angelos lief rot an, aber Yariv kam ihm zuvor.

„Sorry. Ich bin wohl doch eifersüchtig, auch wenn ich es nicht sein will. Ab jetzt bin ich der Profi. Versprochen! Und pass bitte auf!"

Angelos nickte und fuhr zurück zum „Aphrodite".

# 36

Zurück in Elia empfing eine Empfangsdame Angelos schon vor dem Eingang.
„Der Herr Direktor erwartet Sie in seiner Wohnung, Herr Nikakis. Ich führe Sie gerne hin!"
„Das brauchen Sie nicht. Sie liegt bestimmt ganz oben. Vierter Stock?"
Die junge Frau nickte.
„Vierter Stock, dann nach links, Herr Nikakis. Das Essen kommt in etwa dreißig Minuten!"
Hunger hätte ich ja, aber sicher ist sicher, dachte Angelos.
„Fahre zur Wohnung. Vierter Stock Ost", sagte Angelos, auch, um die Verbindung zu testen. Ein Störsender hätte den Plan massiv behindert.
„Wohnung? Hoffentlich hat er noch die Hosen an", knurrte die Stimme aus dem Knopf im Ohr.
„Doofkopf. Ich stecke den Knopf jetzt in die Hose", sagte Angelos.
„Da ist doch gar kein Platz!"
„Na warte! Also: ab jetzt off!"

Angelos trat aus dem Aufzug. Am Ende des Flurs stand Yussuf schon in der Tür.
„Ich habe gehört, du magst keinen Trubel. Deswegen habe ich das Essen hier hoch bestellt. Ich hoffe, es ist dir recht?"

„Ich bin wohl ein offenes Buch für dich. Gegessen habe ich schon, aber die Ruhe tut mir trotzdem gut. Wow! Das berühmte Loft mit Traumblick!"

Angelos sah sich um, entdeckte aber nichts, was Aufschluss über den Bewohner geben könnte. Keine Fotos, keine Post, die herumlag. Und minimalistisch. Nein. Besser: steril.
Couch und Sessel? Nein. Zu viel Distanz, entschied Angelos und setzte sich an den Esstisch. Besser für ein Gespräch mit potenziell gefühlvollem Verlauf.
„Ah. Ich hole dir noch einen Aschenbecher. Gauloises, richtig?", fragte Yussuf.
„Sag mal, hast du einen hauseigenen Hotelgeheimdienst?"
Yussuf lachte.
„Nein. Das erledigt heutzutage das Internet. Zwar bist du weder bei Facebook oder Insta, aber ansonsten ähneln die Trefferzahlen einem Popstar, wobei …"
„…die meisten Ergebnisse mit dieser verfluchten Gerichtsverhandlung zu tun haben, ich weiß. Von mir selbst stammt gar nichts, außer es ist etwas Amtliches! Bei dir findet sich fast nichts. Wie schafft man bitte das?", fragte Angelos.
„Sich konsequent verweigern. Nichts posten, keine Fotos hochladen und sich auch sonst zurückhalten. Als Bürgermeister auf Mykonos geht das natürlich nicht. Ich tue mich da leicht", sagte Yussuf.

„Ja, auf manche Einträge hätte ich verzichten können", knurrte Angelos, wohl wissend, dass dies der beste Einstieg wäre.

Yussuf lachte.

„Die Verhandlung? Ich habe nie etwas Lustigeres gesehen. Wer hat das eigentlich aufgenommen?"

„Die Herren von der griechischen Nationalmannschaft im Synchronschwimmen. Seitdem laden sie mich zu jedem Wettkampf ein, mit dem Hinweis, ich dürfte aber nur in Badehose kommen", sagte Angelos. „Dennoch war das Ganze mehr als peinlich!"

„Warum denn das? Das Video hatte über 200.000 Likes und die Posts waren mehr als positiv. Und je größer, desto potenter und das gilt immer noch. Außerdem gibt es ja keine Fotos!"

„Abgesehen von den Fakes und den Bildern von mir in Jeans, bei denen der Schritt dreifach vergrößert wurde", sagte Angelos und lachte.

„Also bei der Jeans heute braucht man nichts vergrößern", sagte Yussuf.

„Zu eng?", fragte Angelos, griff sich in den Schritt und grinste.

„Äh. W-wer auf Männer steht, dem macht das bestimmt Appetit auf mehr!"

„Und? Hast du Appetit?"

Yussuf lief knallrot an.

„Entschuldige. Was nicht im Internet steht: ich bin sehr direkt und das verletzt manchmal. Aber die Frage war doch eigentlich harmlos. Wir sind in Europa und nicht im Nahen Osten!"

Yussuf raufte sich die Haare und kämpfte sichtlich mit sich, sodass er die Testfrage schlicht überhört hatte.

„I-ich habe noch nie darüber gesprochen. Ach, was rede ich. Ich habe noch nicht einmal gewagt, darüber nachzudenken! Schließlich habe ich eine Frau, nein: hatte!"

„Was ist mit ihr?"

„Sie ist davongelaufen", sagte Yussuf. Eine gewagte Beschreibung, denn sie war eher versunken.

„Und wie war der Sex mit deiner Frau?", bohrte Angelos nach.

„Du bist gnadenlos, wie? Der Sex dauerte zwei Minuten. Ich drehte sie auf den Bauch und nach zwei Minuten wieder zurück. Ich kannte es nicht anders!"

„Und seit wann bist du dir jetzt unsicher?", fragte Angelos.

„Blöde Frage. Als ob du es nicht gemerkt hättest. Ich wusste zunächst nicht, was mit mir passiert!"
Angelos lachte.

„Du hast so herrlich gestottert!"

„Und die Nummer, sich breitbeinig auf den Tisch zu setzen, war unter der Gürtellinie", knurrte Yussuf.

„Ich wollte es nur genau wissen", sagte Angelos.
„Aber warum?"

„Das Gleiche hat mich Yariv auch gefragt. Gott, vielleicht war es meine Eitelkeit. Aber es hat dich zum Nachdenken gebracht, also war es richtig!"

„Wer weiß. Aber was tue ich jetzt?"

„Als ob das so schwer wäre. Schlafe mit einem Mann, dann weißt du es! Du bist auf Mykonos!"

„Schon, aber das ist mir zu schrill. Außerdem sind die Männer hier entweder ganz jung oder ganz alt. Ich bin 38 und bräuchte etwas … Himmel, dabei hätte ich keine Ahnung, was ich tun soll! Bin ich es doch nicht, wird das ganz schön peinlich", sagte Yussuf.

„Man kann die Frage auch anders beantworten", sagte Angelos, legte seine Hand auf Yussufs Schenkel und ließ sie nach oben gleiten.

Yussuf erstarrte und spannte alle Muskeln an.

„W-was tust d-du?", presste er hervor.

Angelos grinste.

„Ich würde sagen, die Frage hätten wir geklärt. Offensichtlich freut sich dein Unterleib!"

Yussuf war fassungslos.

„Was mir nicht hilft, denn du bist verheiratet. Glücklich?"

„Glücklicher geht es nicht. Aber es gibt genügend andere Männer", meinte Angelos.

Yussuf seufzte.

„Aber ich weiß noch immer nicht, wie es funktioniert!"

„Ich kann dir leider keinen Crash-Kurs geben. Aber du solltest keine Probleme haben, jemanden zu finden. Du siehst zehn Jahre jünger aus, hast ein hübsches Gesicht – an Angeboten wird es dir nicht mangeln!"

„Aber du könntest mir einige Fragen beantworten!"

„Natürlich. Schieß los", sagte Angelos.

„Wie m-macht man das eigentlich? A-also du weißt schon!"

„Als Erstes: nenn die Dinge beim Namen. Analverkehr, Blasen – lass diese Umschreibungen. All das ist vollkommen normal. Denk an die alten Griechen. Da hatte jeder seinen Jüngling. Die Frage dreht sich um den Analverkehr, nehme ich an. Wer oben oder unten liegt? Wer den Schwanz in wen steckt?"

Yussuf wurde wieder knallrot.

Bomben bauen, Menschen töten, aber Probleme mit dem Wort Ficken haben, dachte Angelos.

„Das merkst du intuitiv. Ganz einfach: Schau mich an! Auf was hast du mehr Lust: selbst ficken, also aktiv oder möchtest du von mir gefickt werden?"

Jetzt lachte Yussuf.

„Ich kann es nicht glauben, dass wir dieses Gespräch führen!"

„Beantworte meine Frage", sagte Angelos.

„Ich würde wollen, dass du mich, äh, fickst", sagte Yussuf.

„Du musst bei ‚fickst' nicht leiser werden. Gut, dann bist du wohl eher passiv. Das Problem ist, dass es weh tut. Es ist kein Verschmelzen der Körper. Du merkst, dass dir etwas Hartes hineingeschoben wird. Manche Schwule machen es gar nicht, weil es zu weh tut. Aber mit der Zeit wird es eine Mischung aus Schmerz und Lust, ein wohliger Schmerz. Es ist wie beim Auspeitschen. In der Schule sind die Stockhiebe peinlich und tun weh. Wenn es dein Partner macht, wirst du geil. Also erwarte beim ersten

Mal, dass dir vor Schmerz die Luft wegbleibt! Vor allem, wenn dein Partner einen großen oder breiten Penis hat!"

„Was bedeutet, dass es mich bei dir zerreißen würde", sagte Yussuf.

„Überlebt hat es bisher jeder, aber es ist schwierig. Verzichten wollte aber keiner", sagte Angelos und grinste.

Yussuf stellte sich die Szene wohl gerade vor, denn er sagte nichts.

„Also gut. Ich muss gehen. Yariv wartet bestimmt schon. Morgen Abend muss er zu einer Vernissage. Ich könnte, wenn es du möchtest, vorbeikommen und dir doch einige Dinge zeigen. Ein Schnellkurs – wenn du möchtest!"

Yussuf wollte, denn seine Augen strahlten.

Angelos stand auf, flüsterte aber Yussuf ins Ohr: „Ich bin auch vorsichtig, ich verspreche es!"

Angelos küsste Yussuf auf die Backe und ging.


*Man kann die Frage auch anders beantworten*
*W-was tust d-du?*
*Ich würde sagen, die Frage hätten wir geklärt. Offensichtlich freut sich dein Unterleib!"*


Yariv packte die Tasse und warf sie an die Wand.

„Sag mal, spinnst du?", fragte Yossi.

„Mein Ehemann fummelt an einem Dschihadisten herum!"

„Was Teil des Plans ist. Leider haben wir keine andere Möglichkeit, ihn zu überführen. Nicht rechtzeitig. Und Angelos macht das gut!"

„Ein bisschen zu gut", knurrte Yariv.

„Hätte sich Yussuf in dich verknallt, hättest du dasselbe getan – oder tun müssen. Ich glaube, Angelos hätte das professionell gesehen und das solltest du auch! Du glaubst doch nicht etwa, dass es ihm Spaß macht. Er liebt nur dich – das sieht jeder, der ihn kennt!"

Er hat recht, dachte Yariv. Was ist nur los mit mir? So bin ich doch nicht?


# 37

Wieso hast du nicht weitergemacht? Er war soweit!", sagte Yossi mit vorwurfsvollem Ton.

Er, Angelos und Yariv saßen in der Küche. Das Einsatzteam wartete im Fußballstadion um die Ecke.

„Es ging zu schnell. Und da besteht die Gefahr, dass er an einem bestimmten Punkt sagt: ‚Halt. Das ist zu viel auf einmal'. So freut er sich auf morgen. Das baut Druck auf. Zwar sind wir uns schnell nahegekommen …"

„…was du nicht sagst", knurrte Yariv.

„…aber ich brauche mehr Vertrautheit. Er ist noch zu verschlossen. Ich muss ihn brechen, damit alles zu Tage tritt", sagte Angelos.

„Das mit dem Brechen ist eine deiner leichtesten Übungen", fügte Yariv leise hinzu.

„Lass Angelos in Ruhe. Er macht nur seinen Job. Und du hilfst ihm nicht gerade", schnauzte Yossi Yariv an.

„Entschuldige, wenn ich nicht begeistert bin, wenn mein Ehemann einen Attentäter fickt!"

„Hat er doch gar nicht", entgegnete Yossi.

„Noch nicht. Allein die Vorstellung …"

„Gut. Dann stoppen wir das jetzt. Ich bin raus und du übernimmst", sagte Angelos und ging hoch ins Schlafzimmer.

„Toll, Yariv. Jetzt gibt es nichts mehr, was Yussuf stoppen könnte. Er braucht nur einmal kurz auf den Sender oder das Handy tippen und – wusch – sind 200 Menschen tot!"

Yariv sagte nichts.

„Natürlich kannst du stattdessen zu Yussuf gehen. Nur: AUF DICH STEHT ER NICHT, HERRGOTT", schrie Yossi. „EIN BISSCHEN GEFICKE OHNE GEFÜHL IST DIR WICHTIGER ALS MENSCHEN ZU RETTEN!"

Yariv folgte Angelos nach oben und legte sich aufs Bett.

„Tschldgng", murmelte Yariv leise.

„Was sagst du?", fragte Angelos

„Entschuldigung"

„Ich versuche es zu vermeiden, Yariv. Vielleicht reicht auch das halbe Programm. Aber sein Handy hängt zeitweise am Gürtel. Ich muss ihn dazu bringen, die Hose auszuziehen und ihn abzulenken. Das schaffe ich nur, wenn ich ihn …"

„…wenn du ihn geil machst, schon klar!"

„Yossi hat recht. Du hilfst mir nicht gerade. Gut. Sag mir, wie wir es sonst machen sollen. Ein Schuss ins Stammhirn. Dazu bräuchten wir eine verdammt gute Position. Und von seiner Wohnung aus sieht er alles. Rundherum Glas. Eine Wand voller Monitore. Sag mir, wie es anders geht und wir machen es", sagte Angelos gereizt.

„So kenne ich dich gar nicht. Du warst noch nie eifersüchtig. Und das bei einem Attentäter. Also bitte!"

„Ich bin tierisch eifersüchtig, weil ich dich liebe und nicht möchte, dass dein Geschützturm in einem Dschihadisten parkt", sagte Yariv.

„Du wolltest, dass ich nur bewaffnet hingehe. Und eine andere habe ich nicht", antwortete Angelos und grinste.

„Den armen Kerl wird es zerreißen", knurrte Yariv.

„Ach was. Du bist auch noch am Leben. Und beim ersten Mal hast du vor Vergnügen gejauchzt – wenn ich mich richtig erinnere! Du darfst mich hinterher gerne in der Dusche abschrubben und mit Sagrotan einreiben!"

„Nimm wenigstens ein Kondom", knurrte Yariv.

„Das geht nicht und du weißt ganz genau, warum!"

# 38

Yussuf war so aufgeregt, dass er sich auf nichts konzentrieren konnte.

Beruhige dich. Du musst später nur eine Taste drücken und vorher das Haus verlassen. Mit Angelos. Er darf nicht sterben.

Ich werde vorschlagen, einen Spaziergang am Strand zu machen. Die Tat wird dazu führen, dass ich Angelos noch öfter sehen werde. Verdächtigen wird mich niemand. Die Spur wird zu einer Klimaanlagenfirma in Istanbul führen, bei der zwei ehemalige IS-Kämpfer arbeiten. Natürlich wussten die beiden nichts davon. Über ein Jahr hatte Yussuf falsche Spuren gelegt. Profile angelegt, die in Mossul enden und einen Kontakt suggerieren werden. Fotos von der Stürmung der Kaserne, in der das Gas erbeutet wurde. Und auf den Fotos werden die Gesichter der zwei Techniker zu sehen sein. Perfekt montiert. Die Aufnahmen werden Freitag den Medien zugespielt.

Die beiden landen in einem Folterkeller des türkischen Geheimdienstes, ohne zu wissen, warum. Das ist der Vorteil einer jahrelangen Planung. Man kann Identitäten und Stränge in Echtzeit anlegen.

Wegen des Anschlags machte sich Yussuf keine Sorgen. Er dachte wieder an den Crashkurs und *der* machte ihn nervös. Nicht dass er nicht wollte.

Er konnte es nicht erwarten. Aber was, wenn ich mich dumm anstelle und blamiere. Wenn er lacht und geht? Nein, das würde Angelos nicht tun.
Yussuf schaute auf die Uhr. Noch eine Stunde. Duschen.
Yussuf ging hoch in seine Wohnung, ohne irgendetwas zu registrieren: Gäste, die ihn grüßten, Personal, das ihn etwas fragte. Ihn beschäftigte vor allem ein Gedanke: was ist, wenn ich nach einer Minute komme? Bei meiner Frau war das immer von Vorteil, das Schauspiel früher vorbei.

Angelos kam absichtlich 15 Minuten zu spät. 15 Minuten, in denen Yussuf fast den Verstand verlor.
„Entschuldige. Ein Ehemann, der seine Frau verprügelt hat. Es tut mir leid!"
Angelos küsste Yussuf auf die Backe. Ein Bitzeln durchlief Yussufs Körper.
„Da freut sich jemand", sagte Angelos und lächelte.
„Da ist jemand furchtbar nervös. Ich werde es versauen!"
„Hab Vertrauen", sagte Angelos, obwohl das das Letzte war, was Yussuf haben sollte.
„Ich weiß überhaupt nicht, was ich tun soll!"
„Du brauchst erstmal gar nichts tun", sagte Angelos, kam näher und begann ihn zu küssen.
Mit der linken Hand packte er Yussuf am Genick, die Rechte wanderte nach unten.

„Das war doch ein guter Anfang. Und jetzt entspannst du dich", sagte Angelos und ging auf die Knie.

Du lutscht einem Massenmörder den Schwanz, hörte Angelos Yariv sagen. Ich muss. Er muss sich fallenlassen, sich verlieren.

Yussuf begann zu stöhnen – und schon war es passiert.

„SCHEISSE! ICH WUSSTE ES", sagte Yussuf und drehte sich weg.

Angelos nahm ihn von hinten in den Arm.

„Es war mein Fehler. Ich war zu forsch. Zumindest scheint es dir gefallen zu haben!"

„Was hilft das? Ich habe ..."

„Sei jetzt einfach still und hör auf zu denken. Einfach fallenlassen. Zieh dich aus und leg dich aufs Bett.

„Du bist nicht sauer?", fragte Yussuf. Richtig süß. Wie kann ein Mann, der so erfrischend naiv und unschuldig zu sein scheint, ein Massenmörder sein?

Angelos zog sich bewusst langsam aus. Yussuf sollte sich kurz sammeln.

Als Angelos in Shorts dastand, war Yussuf sichtlich wieder bereit.

„Siehst du? Mach dir keinen Druck", sagte Angelos und zog die Shorts aus.

„Oh Gott", sagte Yussuf.

„'Angelos' reicht. Keine Angst, er beißt nicht. Nochmal das Gleiche wie eben?"

Yussuf nickte wie ein Dreijähriger, der einen Lolli angeboten bekommt.

Nach einer Minute merkte Angelos, dass Yussuf fiel. In die Tiefen der Entspannung und Sorglosigkeit.

„Meine Frau hat das nie gemacht", sagte Yussuf leise.

„Dir wurde noch nie …?"

„Nein. Es ist eine neue Welt. Ich versuche es jetzt bei dir. Sag mir, wenn ich etwas verkehrt mache!"

„Nicht denken. Einfach der Intuition folgen!"

Yussuf machte nur die üblichen Fehler eines Anfängers. Die Zähne. Aber man sah, dass er mit Liebe bei der Sache war.

Darf ich es genießen, fragte sich Angelos. Aber sein Körper lieferte die Antwort. Er schaltete ab und genoss.

Yussuf hätte ihn problemlos töten können, denn Angelos hatte die Augen geschlossen.

„Gut?", fragte Yussuf mit der Angst eines Erstklässlers vor der Übergabe des Zeugnisses.

Angelos lächelte.

„Das war richtig gut. Und ich meine es so! Komm her, leg deinen Kopf auf meine Brust!"

Angelos streichelte Yussufs Kopf. Einen Augenblick dachte er, er müsse sich getäuscht haben. Yussuf kann kein Attentäter sein, auch wenn er als Kommissar wusste, dass Mörder nie wie Mörder aussehen, von ein paar brutalen Visagen abgesehen.

„Angelos", sagte Yussuf leise.

„Ja, Süßer?"

Ich weiß, was jetzt kommt. Bitte sag es nicht.

„Ich glaube, ich liebe dich!"

„Du glaubst?"

„Du bohrst immer nach, nicht wahr? Ich liebe dich!"

„Yussuf, ich freue mich wirklich, aber ich liebe Yariv. Sorry!"

„Weiß er zu schätzen, was er hat?"

„Ja, das tut er. Aber es gibt nichts Schöneres als mit jemandem zu schlafen, den man liebt – also genieße den Moment!"

„Können wir uns wenigstens sehen?", fragte Yussuf.

Eine dunkle Wolke zog durch Angelos´ Kopf. Gewissensbisse. Ja, er ist ein Mörder – aber hatte er eine Wahl, eine Chance? Nein.

„Das können wir. Wollen wir weitermachen?"

„Ich hab ein bisschen Angst. Das ist wie als wollte man mit einem 30-Tonner in eine Parkgarage!"

Angelos lachte laut.

„Vertrau mir. Ich bin vorsichtig!"

Jetzt entscheidet sich alles, dachte Angelos.

„Ich werde dir genau erklären, was ich mache. Ist es dir unangenehm, dann sag es. Erst kommt die Zunge, dann ein Finger, dann zwei … und dann kommt der 30-Tonner und parkt ein!"

Yussuf lachte.

„Ich bin bereit!"

Und überraschenderweise war Yussuf so entspannt und locker wie kein anderer Mann zuvor.

Und Yussuf genoss es.

Angelos legte sich auf Yussuf und leckte dessen linkes Ohr.

„Vergiss nicht den Parkschein", sagte Yussuf und lachte ins Kissen hinein.

„UUUUIIII"

„Bleiben wir erstmal auf dem ersten Parkdeck", sagte Angelos.

„Nein. Yalla!", antwortete Yussuf.

Jetzt war sich Angelos sicher.

Yalla. Arabisch für ‚weiter'.

„Himmel, bist du ganz drin?"

Angelos lachte.

„Zur Hälfte, der Rest kommt JETZT!"

„Mmmmh. AKTHAR!"

Akthar. Mehr.

Fünf Minuten später war Angelos am Höhepunkt. Yussuf gab Laute von sich, die nur eines heißen konnten: es war die Mischung aus Schmerz und Vergnügen, die man im Idealfall empfindet.

„Das war schön", sagte Yussuf. „Bitte warte noch mit dem Gang zur Parkkasse. Bleib noch in mir!"

Wieder übermannte Angelos das schlechte Gewissen.

Es hilft nichts. Es ist so weit.

„Freut mich, dass es dir gefallen hat, YUSSUF!"

Yussuf lächelte, dann begriff er. Er schüttelte Angelos ab und stolperte zur Kommode. Aus der Schublade holte er eine Pistole und zielte auf Angelos.

Yussuf zitterte am ganzen Leib.

„Du hast mich betrogen. Ich habe dir geglaubt, dass ..."

„Ich glaube nicht, dass ein Attentäter moralische Ansprüche geltend machen sollte. Wer Dutzende Menschen tötet, Frauen und Kinder, hat keine Ehrlichkeit verdient!"

Yussuf zitterte immer mehr. Nur mit Mühe konnte er die Waffe halten.

„Es war alles nur gespielt?", sagte er und sank auf die Knie. Die Pistole fiel zu Boden.

„Nein, Yussuf. Tatsache ist, dass ich dich mag. Aber das macht deine Taten nicht ungeschehen. Ich glaube, deine Geschichte zu kennen. Wenn es so war, dann ist dein Vater der Mörder. Er hat dein Leben zerstört und damit indirekt das Leben vieler anderer!"

„Ich nehme an, das Team steht vor der Türe. Gleich kommt der Rammbock, nicht?"

„Der einzige Rammbock liegt hier im Bett. Nichts passiert, solange ich hier bin!"

„Du übergibst mich an die Israelis. Sie sind schon auf der Insel!"

„Ja, das sind sie. Aber sie werden nicht eingreifen. Nicht ohne mein Ok!"

Wieder übermannte Angelos das Mitleid. Das heulende Häufchen Elend sah nicht nach Massenmörder aus.

„Ich habe es dir abgenommen. Ich habe wirklich geglaubt …"

„Es ist mein Beruf. Aber ich hätte dir bei der Begrüßung das Genick brechen können. Ich habe es nicht getan!"

„Warum?"

„Weil du noch ein paar schöne Stunden erleben solltest. In einem Leben ohne jede Chance. Wie gesagt: ich mag dich. In einem anderen Leben hätten wir vielleicht …"

„Wieviel Zeit habe ich noch?"

„Lang genug. um mit mir zu reden. Solange wir in diesem Bett liegen, wird dir nichts passieren. Also komm her!"

Tatsächlich stand Yussuf auf und kroch unter die Bettdecke.

„Bekomme ich noch eine Chance?", fragte Yussuf.

„Nein. Dafür ist es zu spät. In meiner Welt bekämst du eine, aber nicht in dieser!"

„Bitte übergebe mich nicht den Israelis. Erschieß mich", sagte Yussuf.

„Das kann ich nicht. Ich bin kein Mörder. Auf Wehrlose kann ich nicht schießen!"

„Ich kann es auch nicht. Seltsam. Ich sprenge Menschen in die Luft, aber es fehlt mir der Mut, mich …"

„Ich könnte dich nach Athen bringen, aber du bist kein griechischer Staatsbürger. Man würde dich an den Libanon ausliefern. Entweder greifen dich die Israelis oder die Amerikaner. Letztere bringen dich auf einen Stützpunkt, zu einem Hangar, in dem ein Container mit der Aufschrift ‚Ägypten' steht und …"

„Begriffen. Du verstehst es, einem Mut zu machen!"

„Aber ich habe eine Idee", sagte Angelos, stand auf und holte sein Handy von der Fensterbank.

„Yossi? Nur zuhören: es ist alles in Ordnung. Aber ich benötige eine Lieferung. Schreib auf: Eine Dose Lorazepam 2,5, eine Dose Pantoprazol und eine Packung Ramipril. Gebt sie an der Rezeption ab und sagt, sie sollen die Tüte vor der Türe des Direktors abstellen!"

„Wie lange brauchst du noch?"

„Eine Stunde. Und ihr haltet still. Ende!"

„Sehr bestimmend. Ich bekomme also einen Cocktail. Tut es weh?"

„Nein. Das Rezept stammt von einem guten Freund, ein Arzt. Aus einer Zeit, in der ich nicht mehr leben wollte!"

„Ehrlich? Wie …"

„Ich wurde vergewaltigt. Von drei Männern. Gerettet hat mich die Liebe. Alex war sein Name!"

„Das Glück habe ich leider nicht. Nein, das stimmt nicht. Die letzten Tage waren die schönsten meines Lebens, auch wenn es nur ein Schauspiel war!"

„Es war nicht nur ein Schauspiel und das weißt du. Aber es gibt keinen anderen Weg, nicht für dich, nicht für mich. Und ich werde an diesem Abend lange zu knabbern haben!"

„Da ist noch etwas", sagte Yussuf.

„Der Anschlag mit dem Gas, nicht?"

„Gut gemacht, Herr Kommissar. Aber ich hätte es nicht durchgezogen. Das Handy liegt dort drüben. Es wäre nur ein Tastendruck!"

Angelos lachte.

„Nein. Es ist nicht dein Handy. Ich habe gestern geschaut, welches Modell du hast. Deswegen habe ich das Date auf zwei Tage verteilt. Wir haben ein baugleiches Modell besorgt und ich habe es vorhin ausgetauscht, als du im Bad warst! Dennoch danke, dass du es gesagt hast!"

„Du bist gut. Bedauerlich, dass wir uns nicht näher kennenlernen werden!"

„Ja. In einer normalen Welt wäre viel möglich gewesen, Yussuf! Was mich noch interessiert: was hast du zwischen 2007 und jetzt gemacht? Lass mich raten: für eine Klimaanlagen-Firma gearbeitet!"

„Nah dran. Ich habe bis 2013 bei einer Firma gearbeitet, die Filtersysteme produziert hat. Dann kam die Anweisung von meinem Vater nach Mykonos zu gehen. Das Hotel-Projekt hat seine Zeit gedauert. Du weißt: Grundstücke sind hier schwer zu finden, aber Zeit spielte keine Rolle. Mein Partner verstarb vor zwei Jahren in Beirut!"

„Unfreiwillig, vermute ich", sagte Angelos.

Yussuf nickte.

„Hm. Ich weiß, dass Delinquenten einen letzten Wunsch frei haben? Gilt das auch für mich?"

„Eine Henkersmahlzeit? Wenn deine Küche noch oder schon aufhat, klar!"

Yussuf lächelte.

„Ich meinte nicht das Essen. Ich hätte einen anderen …"

„Oh nein. Das kann ich nicht. Ich bin doch keine Ma …"

Doch Yussufs Hand war schon an der entscheidenden Stelle.

„Hm. Mir scheint, das mit meiner Henkersmahlzeit funktioniert. Leg dich hin, Angelos, und entspann dich!"

Fünfzehn Minuten später lagen beide erschöpft da. Angelos stand mühsam auf und ging zur Türe. Das Tütchen stand vor der Türe.

„Ich geh mal in die Küche", sagte er und suchte nach einem Stößel, Im Schrank über der Spüle fand er ihn. Angelos schüttete den Inhalt der drei Döschen in das Gefäß und zerkleinerte die Tabletten. Er füllt das Pulvergemisch in ein Glas und füllte mit Wasser auf. Er musste eine Minute rühren, bis sich das Pulver aufgelöst hatte.

„Es ist soweit?", fragte Yussuf.

Angelos nickte.

„Ich sehe keinen anderen Weg. Alles andere würde mit Qualen verbunden sein und das möchte ich dir ersparen!"

„Danke. Und ich meine es ernst. Bleibst du bei mir, bis ...?"

„Natürlich. Ich halte dich im Arm, bist du deine Reise angetreten hast", sagte Angelos.

Yussuf griff nach dem Glas und trank es zügig aus. „Wie lange ..."

„Du schläfst nach fünf Minuten ein, durch das Lorazepam. Damit du dich nicht übergibst, ist Pantoprazol in der Mixtur. Und durch das Ramipril bleibt dein Herz einfach stehen. Alles schmerzlos!"

Yussuf schluckte.

„Dann sagen wir jetzt ‚Auf Wiedersehen'. Danke, dass du in meinem Leben erschienen bist, wenn auch zu spät. Wirst du manchmal an mich denken?"

„Wahrscheinlich öfter als mir guttut. Komm, leg deinen Kopf auf meine Brust!"

Fünf Minuten später war Yussuf eingeschlafen.

Zehn Minuten später bemerkte Angelos, dass Yussuf Urin verlor. Er war tot.

Und Kommissar Angelos Nikakis weinte hemmungslos, wegen eines Attentäters.

# 39

Yariv? Yossi? Alles in Ordnung. Yussuf ist tot. Wir brauchen die Truppe nicht. Nur die ABC-Leute sollen kommen, um die Klimaanlage zu überprüfen und die Gasflasche mitzunehmen. und dann brauche ich einen Krankenwagen", sagte Angelos.

„BIST DU VERLETZT?", schrie Yariv mit Panik in der Stimme.

„Nein, Kleiner. Der Krankenwagen ist für Yussufs Leiche!"

„Sind in zehn Minuten da", sagte Yariv.

Angelos stand an der großen Fensterfront. Sein Blick war leer. Ich habe einen Menschen ermordet. Blödsinn, sagte die zweite Stimme in seinem Kopf.

Er sah, wie der Krankenwagen vorfuhr.

Eine Minute später stand Kostas in der Türe.

„Hallo, Angelos. Wo ist der Verletzte?"

„Kein Verletzter. Eine Leiche", antwortete Angelos und deutete auf das Bett. „Bitte bringt sie in die Klinik. Keine Obduktion. Die Leiche wird in zwei Stunden von Abu abgeholt!"

„Alles klar. Ich muss nur ein paar Fotos machen. Vorschrift bei Leichen!"

Angelos nickte geistesabwesend, konnte sich aber nicht erklären, warum Kostas grinste. Egal.

Plötzlich stand Yariv in der Tür, rief nur „GROSSER!" und fiel Angelos um den Hals.

„Gott, bin ich froh! Aber warum weinst du?"

Angelos schluchzte und hielt sich krampfhaft an Yariv fest.

„Ich frage jetzt nicht, was los ist. Du erzählst es mir, wenn du soweit bist. Komm, wir gehen nach Hause!"

Angelos nickte und lief zur Türe.

„Äh, Großer", sagte Yariv und grinste.

„Was ist denn?"

„Du bist noch nackt!"

Angelos schaute an sich herunter. Erst jetzt begriff er.

„Oh nein. Kostas, dieser Saukerl!"

# 40

Bett und 24 Stunden liegenbleiben", sagte Angelos, aber Yariv blieb am Fenster stehen und sagte nichts.

Erst jetzt sah Angelos, dass Yariv die Tränen übers Gesicht liefen.

„Was ist denn los?"

Noch immer sagte Yariv nichts.

„Nun sag schon. Du machst mir Angst!"

Angelos bekam Panik. Verlustangst. Er verlässt mich.

„Ich bin nur kaputt und jetzt kommt es wohl raus", stammelte Yariv, noch unter Tränen.

„Entschuldige, ich habe mich nur um meinen Part gekümmert", sagte Angelos und umarmte Yariv von hinten.

„Sechs Stunden! Du warst sechs Stunden alleine! Mit einem Attentäter! Einem Dschihadisten, der ein zigfacher Mörder war. Ich bin fast Amok gelaufen. Das waren die schlimmsten sechs Stunden meines Lebens! Und warum war dein Handy aus?"

„Es tut mir leid. Ich habe das Handy nicht ausgeschalten, sondern ans Fenster gelegt. Aber es bestand nie Gefahr!"

„Du hattest keine Waffe bei dir. Er hätte dich erschießen oder erschlagen können", sagte Yariv mit trotziger Stimme.

„Das hätte er nie getan. Dazu war er zu verliebt.

Und zur Sicherheit habe ich das Magazin aus seiner Waffe entfernt!"

„Du hast das Handy weggelegt, damit ich mir nicht anhören muss, wie du mit ihm schläfst. Ich weiß nur nicht, ob ich mich über deine Rücksichtnahme freuen sollte", sagte Yariv.

„Ich habe nicht mit ihm geschlafen, also nicht im eigentlichen Sinn. Ich habe lediglich körperlich ermittelt!"

Yariv lachte laut. Dieses herzhafte Lachen, das Angelos so liebte.

„Körperlich ermittelt. Auf so etwas kommst nur du. Du bist also in sein Inneres vorgedrungen, im wahrsten Sinne des Wortes. Gebohrt, bis zum Kern der Wahrheit! Du bist der einzige Kommissar, der mit seinem Schwanz ermittelt!"

„Mir blieb nichts anderes übrig, Kleiner. Das weißt du selbst. Wir waren nur drei Stunden vom nächsten Anschlag entfernt. Ich musste ihn knacken und das geht nun mal am Besten in einem Moment des Vertrauens. Außerdem warst du es, der mir jedes verschärfte Nachfragen untersagt hat und für stundenlange Psychotricks fehlte schlicht die Zeit", rechtfertigte sich Angelos.

„Du hast also Foltern durch Ficken ersetzt. Sehr flexibel", knurrte Yariv. „Wie ist er eigentlich gestorben? Hast du ihn totgefickt? Das Werkzeug dafür hast du ja!"

„Zynismus steht dir nicht. Das bist nicht du. Ich hatte keine andere Wahl und das weißt du. Außer, du erwartest von mir 200 Menschen sterben zu lassen, nur weil du eifersüchtig bist. Auf was? Auf Sex ohne jedes Gefühl?"

Yariv seufzte.

„Und wie ist er nun gestorben?"

„Ich habe ihn zum Selbstmord gezwungen. Und glaube nicht, dass das leicht war. Wenn man schießt, ist das Ganze in einer Sekunde vorbei. Es ist etwas anderes, jemandem beim Sterben zusehen zu müssen. Wie er langsam einschläft, der Puls immer schwächer wird. Und das bei einem Menschen, dessen Leben von seinem Vater zerstört wurde. Der kleine Junge hatte keine Chance!"

„Du hast Mitleid mit einem Massenmörder?", fragte Yariv.

„Wenn du so fragst: ja. Ich habe ihn gemocht. Er war ein freundlicher Mensch, der zu spät erkannte, dass er manipuliert wurde. Ich trenne seine Taten von seinem Wesen. und ja, ich bin traurig. Ich sollte jubeln: ich hatte recht und müsste Freudensprünge machen. Allein: ich fühle mich schlecht. Also bitte: mach mir keine Vorwürfe. Ich liebe nur dich. Und das weißt du, Herrgott!"

„Wo ist die Leiche?"

„Abu hat sie in der Klinik geholt und auf See bestattet. Im Beisein eines Imams!"

Yariv seufzte.

„Das macht nur ein guter Mensch. Und ich stehe jetzt da wie ein Arschloch", knurrte er.

„Komm ins Bett, Yariv", sagte Angelos. „Und um dich abzureagieren, liege ich heute unten!"

„Doch nicht todmüde?", fragte Yariv.

„Mir ist es wichtiger, dass mein Ehemann seinen Seelenfrieden zurückerlangt"

„Für das ‚körperlich ermitteln' sollte ich dich auf jeden Fall bestrafen", sagte Yariv und grinste.

„Dann hol ich mal die Peitsche!"

# 41

Am nächsten Mittag stolperte Angelos als erster in die Küche und traf beim dritten Versuch den richtigen Knopf oben auf der Espressomaschine.

Als er den Fernseher einschaltete, glaubte er, er schaue in einen Spiegel.

Unten lief das unvermeidliche rote Band:

POLIZEI MYKONOS VERHINDERT GIFTGAS-ANSCHLAG. TÄTER STECKT AUCH HINTER ATTENTAT VON SALONIKI. TÄTER TOT.

Angelos konnte nicht glauben, was er da sah.

„KLEINER! SOFORT HIERHER!"

Yariv lag schon seit einer Stunde auf der Terrasse.

„Was ist denn?", fragte er, drehte aber an seiner Locke, garniert mit Hundeblick.

„Was hast du getan?"

„Gar nichts. Bis auf ein kleines Telefonat mit einem Herrn, dessen Namen ich vergessen habe!"

„Dem du die ganze Geschichte erzählt hast? Ich hoffe, du hast die Details weggelassen – sonst bringe ich dich um!"

Yariv lachte.

„Keine Sorge. Die Schlagzeile ‚KOMMISSAR FICKT DSCHIHADIST ZU TODE' wäre zwar griffig, aber nicht jugendfrei!"

„SIE WÜRDE AUCH NICHT STIMMEN. Schau dir den Flip-Chart an. *DAS* war meine Hauptarbeit!", rief Angelos.

„Beruhige dich bitte. Du lagst richtig und es war genial. Und genau deswegen will ich, dass es jeder erfährt – bevor ein anderer sich vor den Kameras aufbaut und erklärt, es wäre ein Verdienst des israelischen Geheimdienstes oder dessen Einsatzteams. Genau das hätte Jerusalem in die Welt hinausposaunt. Und das wollte ich nicht zulassen!"

„Aber ich will keine Lorbeeren. Dann kramt man wieder die Gerichtsverhandlung hervor und dank dem Hashtag ‚Kommissar Großschwanz' habe ich fürs Leben genug Aufmerksamkeit! Du hättest mich fragen müssen!"

„Da hast du vollkommen recht, aber du hättest ‚nein' gesagt. Da dachte ich: besser erst nicht fragen! Ah. Der Herr ruft wieder an!"

„15 Uhr passt dem Herrn Kommissar wunderbar! Bis dann", sagte Yariv.

„Was mache ich denn um 15 Uhr?", fragte Angelos gereizt.

„Ein Interview geben. Jetzt fällt mir auch wieder der Name des Herrn ein. Ich glaube er heißt Mr. CNN!"

Yariv rannte lachend zur Haustüre, aber Angelos erwischte ihn noch am T-Shirt-Ärmel.

Im Schwitzkasten flüsterte Angelos Yariv ins Ohr:

„Die Schlagzeile lautet morgen: Kommissar Großschwanz foltert Ehemann zu Tode!"

„Vor oder nach dem Interview?"

# 42

Der Mann saß gerade vor dem Fernseher und sah die Übertragung von Angelos´ Interview.

Seine Empfindungen waren zunächst durchaus widersprüchlich. Er sieht immer noch gut aus. Verdammt gut. Aber dann brach das in ihm beherrschende Gefühl durch: Hass. Lodernder Hass. Gleichzeitig bekam er eine Erektion.

Das Handy des Mannes brummte.

„Die Lieferung Kichererbsen ist eingetroffen", sagte die Stimme.

„Gut. Wann wird der Hummus angesetzt?", fragte der Mann.

„Kommenden Sonntag, Königliche Hoheit!"

„Gut. Du hältst mich auf dem Laufenden. Schließlich wirst du neuer Geheimdienstchef!"

„Stets zu Ihren Diensten, Königliche Hoheit!"

Königliche Hoheit. Endlich. Endlich wieder. Der Weg ist frei. Spätestens, seit ein Schreiben des jetzigen Geheimdienstchefs den Adressaten, Emir Omar, nicht erreichte.

„Es besteht der Verdacht, dass der ehemalige Kronprinz an seinem jetzigen Wohnsitz in Dubai Vorkehrungen trifft, Sie zu stürzen. Er trifft sich regelmäßig mit religiösen Vertretern, mit Unternehmern und Oppositionellen. Meines Erachtens muss gehandelt werden und der Emir von Dubai aufgefordert werden, den ehemaligen Kronprinzen des Landes zu verweisen und ihn nach Fudscheirah zu überstellen. Ich kann sonst für die Sicherheit Seiner Hoheit nicht garantieren."

Er hat es ganz gut beschrieben, dachte der Mann.

Nur: es war bereits zu spät. Der Verfasser des Briefes war bereits einbetoniert worden.

Der Emir, dieser Hurensohn, würde bald Geschichte sein. Und er war tatsächlich der Sohn einer Hure. Ein illegitimes Kind des letzten Emirs, das nur deswegen an die Macht kam, weil ich verzichtet habe. Ich, das einzige richtige Mitglied der königlichen Familie.

Der Mann seufzte.

Die Liebe hatte ihn zum Verzicht getrieben.

Die Liebe zu dem Mann, den er gerade im Fernsehen sah. Aber die Liebe war gewichen und ersetzt worden durch abgrundtiefen Hass.

Ich will ihn tot sehen. Nein. Ich will ihn krepieren sehen. Langsam. Samt seinem Juden.

Der Mann hieß Khaled al-Mussawi, früher Khaled Nikakis. Er war Angelos´ Ex-Mann.

# MYKONOS CRIME 26

**SMYRNA – Das todbringende Gemälde**

Yariv entdeckt In Klein-Venedig ein Gemälde in einer Kunstgalerie, das dort nicht hängen dürfte, denn es ist vor 100 Jahren zerstört worden. Am folgenden Tag ist der Inhaber der Galerie tot. Mit Yarivs Hilfe, selbst Künstler, taucht Kommissar Angelos Nikakis in die Kunstszene auf Mykonos ein. Bald findet er heraus, dass jeder, der das Bild besaß, einen gewaltsamen Tod fand.

**erscheint voraussichtlich im Juni 2021**

# MYKONOS CRIME 27

## DYNASTIE – Der tote Kronprinz

**Bisher erschienen auf Englisch:**

Mikonos Crime 1: Abducted
Mikonos Crime 2: Confusion
Mikonos Crime 3: The prince
Mikonos Crime 4: Spy
Mikonos Crime 5: Beast
Mikonos Crime 6: Nightkids
Mikonos Crime 7: Yariv

**Bisher erschienen auf Deutsch:**

**Paul Katsitis – Schläfer 25**

Kommissar Angelos Nikakis hat gleich zwei haarige Fälle zu lösen: in Saloniki explodiert eine Bombe und vor Mykonos werden auf einer Party-Yacht vier leblose Körper gefunden, allerdings ohne jegliche Verletzungen. Mysteriös – und nur langsam lassen sich die Fäden verbinden. Mit einer schlimmen Vermutung: Der Täter lebt seit Jahren auf der Insel. Ein Schläfer.

## Paul Katsitis – Lebendig begraben 24

Ein Anrufer behauptet, unter einer frisch asphaltierten Straße auf Mykonos läge ein lebendig begrabener Mann. Kommissar Angelos Nikakis hat erst seine Zweifel – und scheut die Kosten. Als er sich doch dazu entschließt, die Straße aufreißen zu lassen, zeigt sich: in einer Kammer darunter liegt tatsächlich eine männliche Leiche. Damit nicht genug: im Magen des Toten findet sich ein USB-Stick.


## Paul Katsitis – Sisa 23

Drogen und Mykonos ziehen sich wie Magnete gegenseitig an. Da der Effekt nicht zu stoppen ist, hat Kommissar Angelos Nikakis mit dem größten Drogenhändler der Ägäis, Abu Bakar, ein Abkommen getroffen: keine gestreckte Ware, begrenzte Menge, keine Lieferung an Jugendliche und keine Gewalt auf der Insel. Im Gegenzug drückt Angelos beide Augen zu, auch weil er die übliche Drogenpolitik für Heuchelei hält. Seit drei Jahren gab es keine Drogentoten mehr – der Deal funktioniert. Doch nun taucht ein neuer Player auf, der das Monopol mit

Gewalt brechen will. Beim Angriff auf Abus Yacht wird diese zerstört und Abu schwer verletzt. Angelos hilft Abu, denn er will Ruhe auf Mykonos – doch die Rechnung bezahlt Angelos´ Ehemann Yariv.


## Paul Katsitis – Pontifex 22

Das Oberhaupt der orthodoxen Kirche, Hieronymus, besucht Mykonos. Ein unangenehmer Termin für den schwulen und atheistischen Bürgermeister und Kommissar Angelos Nikakis.
Während des Besuchs wird der Staatssekretär des Metropoliten ermordet aufgefunden.
Hieronymus bittet Angelos um Hilfe, denn es geht nicht nur um einen Mord, sondern um die schiere Existenz der griechischen Kirche. Ein Pergament aus dem 4. Jahrhundert stellt deren Zukunft infrage.


## Paul Katsitis – Yariv 21

Mykonos im Juni: gähnend leer, dank Corona. Nach der Öffnung der Insel ist es vorbei mit der erzwungenen Ruhe: im Haus eines hoch-rangigen Politikers wird eine tote Frau gefunden.

Und Kommissar Angelos Nikakis hat noch ein weiteres Problem: sein Kollege Yariv wird bei einem Einsatz in Athen schwer verletzt.

## Paul Katsitis – Darknet 20

An der Uferpromenade mitten in Mykonos-Stadt wird die Leiche eines jungen Mädchens gefunden, das niemand kennt. Gefoltert und vergewaltigt.

Als ein zweites Opfer gefunden wird, vermutet Kommissar Angelos Nikakis, dass er es mit einem Pädophilenring zu tun haben könnte. Zusammen mit seinem Athener Kollegen Yariv Markaris, einem Darknet-Spezialisten, nimmt er die Spur auf. Er stößt dabei auf Beteiligte, die aus den höchsten Kreisen in Athen stammen und die ihre eigene „Flüchtlingspolitik" verfolgen.

## Paul Katsitis – Carneval 19

Carneval in Griechenland? Bestimmt nicht, denken viele. Von wegen: Rosenmontag ist einer der wichtigsten Feiertage. Doch auf Mykonos wird Carneval gestört: in der Nähe von Kalafati wird ein Motorradfahrer tot aufgefunden. Obwohl der Kopf abgetrennt wurde, gelingt es Kommissar Angelos Nikakis schnell, ihn zu identifizieren: das Opfer ist ein Emirati, Landsmann von Angelos´ Ehemann Khaled. Zufälle gibt es nicht, sagt Angelos immer – und leider behält er Recht.

## Paul Katsitis – Tödliche Libido 18

Auf einem Kreuzfahrtschiff wird ein 19-jähriger Steward vermisst.
Kommissar Angelos Nikakis nimmt den Fall zunächst nicht ernst. ‚Der Junge macht sich auf Mykonos ein paar schöne Tage', denkt er. Und es gibt keine Leiche.
Doch er täuscht sich. Eines Abends besucht ihn der Premierminister, Antonis Migiakis, der mit Angelos befreundet ist und gesteht, dass der junge Pavlos sein heimlicher Liebhaber war.
Kurz darauf melden sich die Entführer – und die Forderungen haben es in sich. Angelos muss den Jungen finden, sonst ist Migiakis politisch erledigt.
Und zur Lösung des Falls braucht er die Hilfe eines altbekannten Drogenbarons: Abu Bakar.

## Paul Katsitis – Botschafter 17

Kommissar Angelos Nikakis und sein Partner
Khaled retten ein Kind vor dem Ertrinken. Es
ist zufällig der Sohn des israelischen
Botschafters. Aus Dankbarkeit wird der
Botschafter der Trauzeuge von Angelos und
Khaled. Einen Tag später zerreißt eine
Bombe dessen Wagen. Was zunächst nach
einem Terrorakt aussieht, entpuppt sich als
ein Geflecht aus Kunstdiebstahl,
Verschwörung und Mord. Und Kommissar
Nikakis muss tief in der Vergangenheit
wühlen.

## Paul Katsitis – Spione 16

Ein russischer Überläufer soll über Mykonos in
den Westen geschleust werden. Auf der
Kykladen-Insel soll er sich in einer der
zahlreichen Schönheits-kliniken eine
gesichtsveränderte Operation
unterziehen. Kommissar Angelos Nikakis soll
den Agenten während des Aufenthaltes
schützen. Kein größeres Problem, denkt er.
Bis plötzlich drei Geheimdienste auf der Insel
am Werke sind. Und sich letztlich Angelos´
Leben für immer verändert.

## Paul Katsitis – Khaled 15

Eine Explosion auf Delos töten einen Archäologen. Das erste Rätsel für Kommissar und Bürgermeister Angelos Nikakis. Das zweite Rätsel hingegen – wen er denn nun liebt – löst sich: er trennt sich von Alex und zieht zu Kronprinz Khaled. Doch zwei Tage später wird dieser von einem Attentäter niedergeschossen

## Paul Katsitis – Trauma 14

Chefermittler und Bürgermeister Angelos Nikakis glaubt es zunächst nicht: auf der trockenen Insel Mykonos soll ein Golfplatz errichtet werden. Als Nikakis den Investor trifft, glaubt er ihn zu kennen. Bevor er sich erinnert, ereignen sich zwei Morde. Angelos´ Ehemann Alex findet währenddessen heraus, woher Angelos den Investor kennt.
Bald geschieht ein dritter Mord. Und der Täter ist Alex.

## Paul Katsitis – Royals 13

Zehn Seemeilen entfernt von Mykonos wird ein großes Gasfeld entdeckt. Bürgermeister und Kommissar Angelos Nikakis greift zu allen (auch illegalen) Tricks, um Bohrtürme in der Ägäis zu verhindern.
Als dann eine Prinzessin des Emirats Katar während eines Besuchs auf Mykonos entführt wird, scheint es zunächst nicht so, als würde ein Zusammenhang bestehen. Wenige Tage später ist die Prinzessin tot – und Angelos Nikakis sitzt im Gefängnis.

## Paul Katsitis – Der Putsch 12

1967 putscht in Griechenland das Militär. Hellas und auch Mykonos ächzen unter der Diktatur.
52 Jahre später gibt es wieder einen Regierungswechsel in Athen. Doch die Ereignisse von damals werfen ihre späten Schatten.
Ein Flugzeugabsturz und Kommissar Angelos Nikakis sorgen dafür, dass es zu einem politischen Erdbeben kommt.

## Paul Katsitis – Glut 11

Der Alptraum aller Chora-Bewohner wird wahr. Ein Großbrand wütet in den engen Gassen der Stadt. Eine knifflige Aufgabe nicht nur für die Feuerwehr, sondern auch für Kommissar und Bürgermeister Angelos Nikakis. Denn in einem Haus findet man eine Leiche. Ein Brandopfer, denken viele. Doch sie wurde erschossen. Drei weitere Morde und der Wiederaufbau lassen Angelos kaum Zeit Luft zu holen.

## Paul Katsitis – Abseits 10

Im Stadion von Mykonos wird die Leiche eines Mannes gefunden. Da der Mann Fan von Olympiakos Piräus war, geraten alle Anhänger des Konkurrenzvereins Panathinaikos Athen in Verdacht. Die Indizien lassen zunächst keine andere These zu und der Hass zwischen beiden Lagern ist tatsächlich so groß, dass auch ein Mord im Bereich des Möglichen liegt.
Doch als Kommissar Angelos Nikakis in die Welt der Spielerscouts eintaucht, stellt er fest, dass es um ganz andere Dinge ging: um Menschen-handel, Pädophilie und natürlich eine Menge Geld!

## Paul Katsitis – Sturm über Mykonos 9

## Paul Katsitis – Die Maske 8

Nach einem Banküberfall erschießt Alex einen der Räuber auf der Flucht. Da er ihn ohne Vorwarnung in den Rücken geschossen hat, steht er bald unter Anklage. Im Schatten des Prozesses gelingt es einem neuen, besonders brutalen Drogenhändler, genannt „Máská",sein Netzwerk auszubauen. Und er zögert auch nicht, als sich ihm die Gelegenheit bietet, Kommissar a.D. Angelos Nikakis aus dem Weg zu räumen.

## Paul Katsitis – Hass 7

Es ist ein besonderer Fall für die beiden Ermittler Alex und Angelos Nikakis. Die Leiche eines jungen Mannes wird in den Dünen gefunden. Am und im Körper des Toten findet sich die DNA von Angelos.
Er wird verhaftet.

## Paul Katsitis – Skalpell 6

Am Strand von Ornos wird eine Frauenleiche gefunden. Es ist die Tochter des Bürgermeisters. Der Leiche fehlen Nieren und Leber.
Doch es geht bei der Mordserie nicht nur um Organe, wie die beiden Ermittler Alexandros und Angelos Nikakis bald feststellen. Es existiert ein komplexes Netzwerk, das verschiedene kriminelle Felder abdeckt, und so mancher Inselbewohner ist darin verstrickt.

## Paul Katsitis – Inzest 5

Ein Bräutigam, der sich am Tag der Hochzeit vom Balkon stürzt und eine Mädchenleiche in einer Wagenpresse. Zwei Fälle für die beiden Ex-Kommissare Alex und Angelos Nikakis Zwei Fälle, die sich nach und nach aufeinander zu bewegen.

## Paul Katsitis – Der-Drei-Sterne-Mord 4

Im besten Restaurant der Insel wird der Chefkoch, ehemals Leibkoch Gaddafis, mit durchschnittener Kehle aufgefunden. Ein schwieriger Fall für Alex und Angelos, zumal die eigene Familie mit beteiligt ist. Der Fall erfährt eine erstaunliche Wendung, als die beiden Ermittler erfahren, dass der britische Außenminister Mykonos besucht – auf dem Landsitz des griechischen Premierministers.

## Paul Katsitis – Tattoo 3

Zwei Highlights stehen auf dem Programm des Wochenendes: ein hochdotiertes Beachvolleyball-Turnier und die Eröffnung der ersten Spielbank auf der Insel.
Nicht ins Programm passen zwei Tote: ein 19-jähriger Junge und einer der Beachvolley-ballspieler. An dessen „natürlichem Tod" haben die Ermittler Alex und Angelos so ihre Zweifel.

## Paul Katsitis – Rache 2

Im Kloster Ano Mera auf Mykonos wird ein Priester tot aufgefunden, dessen Leiche übel zugerichtet ist. Es sieht nach einem Rachemord aus – doch wofür?

## Paul Katsitis – Die Bestie von Mykonos 1

Zwei Kriminalbeamte, Alexandros und Angelos, quittieren den Dienst und eröffnen gemeinsam auf Mykonos eine Bar. Nebenher betreiben sie eine kleine Privat-Detektei. Da die Polizei chronisch unterbesetzt ist, werden Alex und Angelos – wegen ihrer Erfahrung - regelmäßig hinzugezogen.
Mykonos ist in Aufruhr. Offensichtlich foltert, vergewaltigt und tötet ein Mann junge Touristen. Um ihn zu stellen, bleibt nichts anderes übrig, als dass Angelos den Lockvogel spielt – mit furchtbaren Konsequenzen ...

Mykonos LOVE STORY
Von Michael Markaris

„Die Mykonos Love Story 1-11" von Michael
Markaris.
Kommissar Pandis hat mit 53 sein Coming-Out
und verliebt sich in den 29-jährigen Angelos.

Bisher erschienen:
Mykonos Love Story 1
Mykonos Love Story 2 – Das goldene Ei
Mykonos Love Story 3 – Morgenröte über
Mykonos
Mykonos Love Story 4  - Mykonos Speed
Mykonos Love Story 5 – Rape-Vergewaltigung
Mykonos Love Story 6 – Der rosa Leopard
Mykonos Love Story 7 – Rückkehr der Leoparden
Mykonos Love Story 8 – Crash!
Mykonos Love Story 9 – Der tote Pelikan
Mykonos Love Story 10 – Photia-Feuer
Mykonos Love Story 11 – Der tote Archäologe